メディアワークス文庫

毒吐姫と星の石
完全版

紅玉いづき

目　次

プロローグ　星の神殿　4

第一章　捨て子のエルザ　14

第二章　言無姫の輿入れ　34

第三章　晩餐と杯　56

第四章　さよなら王子様　80

第五章　ヴィオンの毒吐き　114

第六章　落城の夜　146

第七章　裸足の福音　174

第八章　星と神の運命において　202

エピローグ　毒吐姫と異形の王　232

番外編　初恋のおくりもの　244

プロローグ　星の神殿

天は全知だった。陽《ひ》が落ちたのち、暗澹《あんたん》とした空に浮かぶのは、数多《あまた》の小さな光。濃紺のヴェールに光石を置いたのは神の指であり、その図には、およそ人の知りたいと望むもののすべてが描かれている。

星を読むためにつくられた神殿は、星図と魔石の占術により国の行く末を決めるヴィオン小国においては聖地であり、また同時に秘儀を執り行うための禁域でもあった。限られた占者しか入ることの許されない神殿の最奥に、似つかわしくない娘の姿がある。

小柄な身体《からだ》から、まだ幼いといってもいいほどだと知れる。しかし、その姿は不健康に痩せ、また着ている衣服も衛生的とはいいがたいぼろ布だった。彼女は、薄暗い広間の中心、魔方陣の中央に置かれていた。両手両足を荒縄で縛られ、口に轡《くつわ》を嚙《か》まされ、うめきを上げる姿は、人の子というには獣じみていた。

手入れをしたことのない荒れ地のように乱れた黒い髪の隙間からのぞく、瞳だけが爛々《らんらん》と光る。その色は血のように赤く、禍々《まがまが》しかった。

「この娘が、本当に」と、黒いローブをまとった占者のひとりが呟《つぶや》く。隣に立つ別の占者が言う。

「信じられないことだが……星石を見てみろ」

横たわる娘が不自由な所作で身じろぎをすると、首から下げた石が床に落ち、硬質の音を立てた。かがり火に照らされるその石はなめらかな表面で、くすんだ色も、中に浮かぶ不純も、淡く光を放つようだ。

確かめた占者が、重々しく告げる。

「濁緑に散じた緋色《ひいろ》……。間違いないな。しかし、哀れな姿だ」

次の瞬間だった。娘の轡がゆるみ、自由になった口で、はじけるように叫んだ。

「あたしを離せ！　いかさま師どもめ!!」

鮮烈な声だった。美しいというには、厳し過ぎる響きが神殿の高い天井に反響する。

その言葉を正面に受けた占者は、怯《おび》えたように半歩下がった。

娘は床に転がされたまま、なおも叫び続ける。

「占いに頭のイカレた、不能の一生童貞どもが、あたしに今更なんの用だ！」

娼婦《しょうふ》が欲しければ花街に行け、といった意味の暴言を、聞くに耐えないような語調で浴びせられた占者達は、ある者は不快に顔を歪《ゆが》ませ、ある者は目をそらし、ある者は耳をふさいだ。その行為のどれもが、黒いローブで隠れてこそいたが、彼女を忌む感情は、消え去りようのないものだった。

「言葉を慎みください。――姫君」

怖《お》じ気《け》づく者達の中で、娘のもとに一歩踏み出した占者がいた。

彼らの長衣の腰には一様に、娘と同じく磨かれた石が下げられている。しかしその色、形、模様は様々だった。

地に頬をつけたまま、娘は顔を上げ、届かないつばを占者に吐き捨てた。

「姫君？　誰が？」

笑う、その唇は、飢えと寒さに切れて血のにじむ赤さ。

「あたしが姫君だというのなら教えてよ。どぶに捨てるように、赤子のあたしを下町に置き去りにしたのはどいつ？」

それは彼女の記憶ではなかった。覚えているはずがなかった。彼女が廃棄されたのは、物心がつくよりずっと以前のことのはずだった。けれど、下町の路上で暮らす人間は誰もがこう囁《ささや》いた。『あいつは、占いによって神殿から捨てられた、呪いの姫君だ』と。

嘲りと戯言《たわごと》に過ぎなかったはずのそれらを肯定するように、占者が頷《うなず》く。

「いたしかたなかったのです。すべては——」

「星と神の運命において？」

言葉をつないだ娘は、「は！」と床に転がされたまま笑う。

「こんな国、滅びてしまえ」

凄烈な声を持ち、その言葉によって国の滅びを願う姫君に、占者達はそろって絶望に似た吐息をもらした。

その悲痛ぶった様子が、また彼女の感情を逆なでする。

「滅びてしまえばいい！　どいつもこいつも狂人どもだ！　あたしのことを捨てたのなら、もう二度とあたしに関わるな！　あたしの方から、こんな国捨ててやる!!」

対する占者の答えは静かだった。

「……それは、なりません、姫君」

「あたしはそんな名前じゃない!!」

「エルザ・ヴィオンティーヌ」

突然名を告げられ、娘は言葉を止めた。みるみる歪む顔に浮かぶのは、こらえきれない憤りと憎しみ。

「……あたしは、エルザだ」

下町で呼ばれていた名が、確かに生まれ落ちた時につけられていたのだと、彼女ははじめて知ることとなった。

育った町の酔いどれから何度、お前は神殿から捨てられた姫君なのだと笑われても、馬鹿馬鹿しい話だと実感は伴わなかった。

だが、占者達はエルザを姫君と呼んだ。だとすれば、この男達——エルザを捕らえ、下町からさらった占者達は、かつて、確かに、生まれたばかりの彼女を町に捨てたのだ。

「あたしに……なんの用だ」

うなるようにエルザが聞いた。

生まれてすぐに捨て置かれながら、今になって神殿に連れて来られる。それが、いい報《しら》せの前触れとは、どうしても考えられなかった。

「我が国を守護する星と神は、貴方《あなた》に新たな天啓を授けました」

「また、占い?」

嘲りをこめてエルザは笑う。その嘲りは、占者達に対するものであり、またこの国全体に対するものでもあった。

小国ヴィオン。この国は、占いによって縛られている。

「現在、ヴィオンには未曾有の凶兆が表れています」

「だから？　頭のイカレたこの国が、いつ滅びてもおかしくない。あんた達の脳みそみたいに、とうの昔に腐ってる」

占いのため、生《い》け贄《にえ》として死ねと言われても今更驚くことはない、とエルザは諦観していた。しかし、そんな投げやりな絶望の中にありながらも、次に落とされた言葉は、あまりに彼女の意表をつくものだった。

「天啓に従い、この国を救うため、貴方には同盟国へと嫁いでいただく」

エルザはその言葉に呆然《ぼうぜん》と、占者を見上げた。

「嫁ぐ……？」

異国の言葉のように、エルザは言葉を繰り返した。

肯定するように、占者は続ける。

「同盟国は、聖騎士を擁する王国レッドアーク。その国の王位継承者との婚礼を執り行い、ヴィオンとレッドアークの関係を強固なものに」

厳かな口調は、すでに決まりきった事柄を話すそれだった。

「きたる凶事と混乱がいかなるものかはわかりませんが、貴方の婚礼は、必ずこの国の助けとなるでしょう」

言葉はすでにエルザの耳には入っていなかった。

「……あたしが、このあたしが、嫁ぐ？　どこかへ？　あんた達の命令で？」

はは、は……と、乾いた笑いがその口からもれた。床に広がる髪が震える。さざなみのように震えは大きくなり、やがて高らかに笑い出したエルザは、突然、絶叫した。

「ふざけるな!!」

縛られた両腕を地に叩《たた》きつける。

「なにが婚礼だ！　なにが姫君だ！　あたしをなんだと思っている！　あたしになにをしたと思っている!!　あたしはなんだ、姫君とはなんだ、あんた達の犬なのか！　この国の奴隷なのか!!　薄汚い占者ども、占いが絶対だと言うのなら、星の神をここに連れて来てみろ！　殺してやる、星と神の運命において！　あたしがそいつを今すぐ殺してやる!!」

物乞いのような生活をしてきたけれど。

ここまでの屈辱は受けたことがない、と彼女は思った。

罵倒の言葉にも占者は決して答えることはなく、言った。

「……代わりに、貴方には、姫君の生活を」

「まずあんたから殺してやる!!」

脅しではない殺意のこもった言葉であったが、占者達は顔色さえ変えることはなかった。

たたずむ彼らは不気味に黙し、エルザの呪詛《じゅそ》に答えない。力のないエルザには占者を殺すことなど不可能だと思われているのかもしれない。

エルザは引きつるように笑った。

「あたしに姫君の生活をくれるって？　その上王子様との婚礼を？　ええ、そう、それはお幸せなこと」

なぜこんな国に生まれたのだろう。エルザは心の中で問いかける。なぜ、自分ではない誰かに、星の神に、生き方を決められなくてはいけないのだろう。

それが自分の生まれた意味だというのなら。夜の空に描かれた、避けられない運命だというのなら。

「いいよ。なんでもやってやる。婚礼でも、姫君でも。――めちゃくちゃにしてやる。見ていろ。あたしは絶対に、あんた達を許さない」

目を見開き、吐き捨てながら笑う姿は、魔女のようであり、老婆のようだった。不吉な言葉の羅列に、占者達はそろって顔を見合わせ、ぼそぼそと囁き合った。

「やはり、難しかったか……」

「このままでは、輿入《こしい》れもままならん」

「仕方あるまい」

「ああ」

そして、エルザを取り囲むように、魔方陣に並ぶ。

「な……にを……」

彼女はあまりに非力であり、無力だった。そんな彼女が武器として扱えるのは、学がなくとも冴《さ》えた頭から繰り出される、怒濤《どとう》の悪言だけ。

さすれば、と占者達は、低く囁く。

「姫君から声を」

「声を奪え」

「声さえ奪ってしまえば、毒を吐くことも出来まい」

エルザは気づく。

生まれてすぐに捨てられた自分に、尊厳など、最初からありはしないのだと。

炎のような瞳が揺れる。忍び寄る絶望に、肩が震えた。

魔方陣の中心で、縛り上げられたまま占者達の手にかかる彼女は、悲鳴を上げる代わりに呪いの言葉を叫び続けた。

「呪ってやる。呪ってやる呪ってやる呪ってやる！　魂のすべてをもって呪ってやる！　この毒吐きの名にかけて!!　星よ落ちろ、光よ消えろ、命よ絶えろ!!　占い狂いのこの国は、業火に焼かれて生きた地獄に成り果てればいい!!」

声を奪われる最後の一瞬まで、エルザが口にしたのは、絶望と憎悪。

姫君として、絹に包まれ生まれてきたはずの彼女は、決して国より愛されることはなく、決して国を愛することもなかった。

生まれ落ちると同時に国を呪い、世界を呪ったとされる彼女はこう呼ばれる。

占の国、ヴィオンの毒吐姫《どくはきひめ》。

第一章　捨て子のエルザ

ヴィオンには、富裕層の住む地域をぐるりと取り囲むように、貧しい人間達が住まう地域が点在している。エルザの育った町はその中でもひときわ貧しく、下町と呼ぶよりも貧民窟という様相を呈していた。その薄暗い路地を、エルザは駆けている。地を蹴る足は剝《む》き出《だ》しで、食いしばった歯の隙間から、荒い息がもれる。

水のしみ出す倒れた木箱や、眠っているのか死んでいるのかわからない犬の身体を飛び越えて、ためらいもなく軽やかに、薄い胸と細い肩を動かしながら駆け抜けていく。黒い髪は気配りのない投げやりな長さで、毛先はてんで好きな方を向いている。瞳だけは、いかなる時も変わらず、強く、赤い。

エルザは自分の家に向かっていた。町では路上に住まう者も珍しくなかったが、彼女は家を持っていた。名目だけはエルザの育ての親であった人間が、唯一残した亡骸《なきがら》のような家だ。ひとまずそこへ。速度を落とすことなく走り続けていると。

「エルザ」

通りのひとつから伸びてきた手が、彼女の肩をつかみ、反射的にエルザは身をよじって叫んだ。

「やめてよ！　離せ!!」

「お前に急《せ》くような用があるとは、驚きだ」

肩を押さえ込む大きな手はびくともしない。耳に響く低音は聞き慣れたものだったから、エルザは大きく息を吸い込み、赤い瞳を燃やすようににらみつけた。

「関係ないでしょう、ジョセフ!!」

名を呼ばれ、拒絶されても男は動じることはなかった。息を吐き、精悍《せいかん》な形の眉を寄せる。エルザの進みを止めたのは、その町でも特によく知る男だった。不徳と怠惰を形にしたような人間ばかりのこの町で、数少ない、エルザの世話を焼いた物好きのひとり。

酒場の用心棒を務めるジョセフは、エルザより十以上も年上で、鍛え上げられた体格の男だった。

高い身長に衿《えり》を立てた外套《がいとう》を着込んでいる。短く刈り込んだ茶色の髪と同じ色をした瞳は、その身体や生業とは裏腹に、少年のようにも光る。いつもはおだやかで楽しげなその目を怪訝《けげん》に細めて、エルザを見下ろし、言った。

「手に持っているものを出せ」

「!!」

威圧的な言葉に、いかにも不快げにエルザは眉を寄せ、持っていた革袋をすかさず自分の薄い胸元へ。隠すように腕を組むと吐き捨てた。

「なんにも持っちゃいないわ！」

ジョセフはためらわず、肩をつかんだままでその革袋をむしりとろうとする。エルザが首から下げていた、濁った緑の石が外気に晒《さら》された。

「ちょっと、やめてよ、この変態！　強姦魔《ごうかん》とは落ちたもんね！　ミザリーに言いつけてやる!!」

「口の減らないガキだな。鶏《とり》ガラだってもう少しは色気がある」

こぶしを固めて抵抗するエルザを羽虫ほども気にかけず、ジョセフは革袋を目の前にかかげて言った。

「スリか」

「返しなさいよ!!　泥棒!!」

ひったくるようにエルザが革袋を取った。それはジョセフの手から離れたが、彼の呆《あき》れ顔《がお》は変わることはなかった。

「返すもなにも。それはお前のものじゃなかろうが」

「あたしのよ」

フン、と顎を突き上げて、エルザは傲慢な調子で言った。

「落ちていたものを拾って、自分のものにしてなにが悪いの？　やってることはそこいらのゴミ拾いと同じよ。雁首《がんくび》そろえてそいつらみんな叱りつけるってんなら、聞いてやってもいいわよ、おせっかいのジョセフ？」

「それとこれとは別だ」

「同じことよ！」

仁王立ちになるエルザの口上はやむことがない。

「ゴミ捨て場の破れた毛布にくるまって、落ちているものが人の形をとっていただけ！　前後不覚の酔っぱらいなんて、老山羊《ろうやぎ》よりも使い道のないクズだわ。ミザリーにも言っておいてよ、そういう男の酒代は、裸になるまで剥いちまえッてね‼」

言葉を浴びたジョセフは辟易《へきえき》したようにため息をつく。

「まったくお前は……」

「あたしがなにをしようと、ジョセフには関係のないことよ。お説教ならそこの柱にどうぞ！」

ひらりと手のひらを見せて、そのまま立ち去ろうとしたエルザの肩を、再びジョセフがつかんだ。

「待て。じゃあ俺にもお前にも関係ある話だ。エルザお前、またロキの店の手伝いをさぼっただろう。せっかく俺が紹介してやったっていうのに――」

エルザはジョセフの大きな手を叩くように落とす。

「やぁよ！　ロキにこき使われるなんてまっぴら！　あんなまずい料理を出して金をとるなんて罰当たりもいいところ！」

過日にエルザが逃げ出した働き口は、ジョセフが頼み込んだものだった。さすがに顔を歪めて、ジョセフは声を荒立てる。

「偉そうに口だけ達者になりやがって。お前は口から先に生まれてきたんだろうが、偉そうなことは、一人前に働けるようになってから言うんだな！」

「はいはい、またジョセフのお説教！」

軽蔑を隠さずエルザは吐き捨てた。

彼はいつもそうだった。叱りつける言葉は施しよりも露骨なおせっかいだとエルザは思っていた。彼の言葉が、自分を思いやる気持ちから来ているのだと、エルザはすでにわかっている。その上で、もう享受するばかりの子供ではないのだという、虚勢に近い思いをこめて彼女は胸をそらせた。

「毒吐きが毒吐きらしく生きて、なにが悪いっていうの！」

ジョセフは深いため息をつき、自分の髪を両手でなでつけるようにした。粗野な仕草の中に時折、別の空気を感じさせる男だった。

「お前みたいなガキが、ひとりでなにが出来る」

押し殺した声で告げられた言葉に、

「ハッ」

嘲るようにエルザは笑った。その嘲笑は、ジョセフに向けるものであったし、また自分自身に向けるものでもあった。

「なんだってやってやるわ」

笑う。駆け下りるようにすべる口、言葉。

「あたしは」

言葉とともに、回る世界。ジョセフの顔が歪む。水に落としたインクのように。

「この声と言葉さえあれば」

すべては、そこで途切れた。

（なんだって、やってやる。——声さえ）

唇がざらりと冷たい石の床をなぞる、その感覚で目が覚めた。冷たい石の味に、エルザは絶望を覚えた。

その絶望の理由を、エルザははっきりと理解していた。

檻《おり》の中にありながら、自由であったころの夢を見たせいでは決してなかった。これまでの生き方を呪ったわけでもなく、出会った人々を呪ったからでもなく、また囚人のように冷たい床の上に転がされているからという理由でさえ、なかった。

無意識に、夢につられ、過去に引き寄せられて、口を、動かしたせいだ。

（声を）

まだ、言葉を、出そうとしたのだ。床に伏したまま、その唇からもれたのは、あえぐような息だけだった。

狭い牢獄《ろうごく》には寝台もあったが、エルザは冷たい石の床に横たわっている。石の味を舐《な》めて、涙が落ちそうになるのを誤魔化した。絶望を涙に変えてみせたところで、なんの発散にもならないし、得るものもない。

暗い視界に、濁った緑の光があった。エルザは痙攣《けいれん》するような動きで、その光に向けて指を動かした。目の前に落ちたそれは、エルザの胸から下がる星石だった。

ヴィオンでは、赤子が生まれるとその生まれの星の位置により、星石が与えられる。貴族でも貧民でも、ひとりにひとつ、一生をともにする石だ。色形は様々で、エルザのものはなめらかな表面のくすんだ緑、そして中に散る緋色だった。

エルザが生まれた時、占者達は空に散った星の位置から、彼女の誕生を凶兆であると読み解いたのだという。

曰《いわ》く、『この国を呪い、毒を吐く姫君となるだろう』と。

それでも、市井に廃棄されるような忌み子であっても、よしんば死産であったとしても、こうして星の石だけは与えられる。この国のならわしだ。

それを幸福としていいのかどうか、エルザにはわからない。震える指先で石をなぞるが、特別な力など持たないその石が、彼女になにを与えてくれるわけでもない。

ヴィオンの城、その牢獄ではあったが、エルザの手足は自由であった。彼女の口も、縛られてはいなかった。占者によって奪われた身体の自由は、ただひとつ、鮮烈なる彼女の声だけ。

色彩も豊かな彼女の声だけが、糸で縛られたように、発現を拒む。

異国への輿入れのため、神殿の占者達がとったのは、乱暴で、人を人と思わない下劣な方法だった。

絶え間なく毒を吐く姫君から、その声と言葉を、魔術によって取り上げたのだ。

冷えた床をなでる、衣の裾、そして革の靴音がする。そして、彼女に降り注ぐ忌まわしい息と、声。

「姫君」

睨《ね》めつけたのは、反射だった。意思の通りに身体が動くのなら、なんの反応も返したくはなかった。意思など潰《つい》えた人形か、屍《しかばね》になろうと思ってみても、わき上がる嫌悪と拒絶はおさえようもなかった。

「またそのようなお姿で……」

丁寧な口調は、尊敬から来るものではない。彼らにとってはただの仕事のひとつに過ぎないのだという、義務感しか感じられなかった。

いっそ耳もふさいでしまいたい、そう思ったエルザの耳に。

「――まるで罪人のようだな」

わざわざそんな、わかりきったことを確かめるような、聞き覚えのない声が届いた。

「もっと丁重には出来ないのか」

深く、ゆっくりと、偉そうに真面目ぶったその声と言葉を、エルザは心の中だけで笑った。嘲笑だった。

丁重に？ そんなことを占者達に言える奴らは、一体どのような人間だろうかと思う。

「しかし——宰相殿」と、占者のひとりが低く抗議するように囁いたのを聞いて、エルザの耳が、ほんのわずかに震えた。

（宰相……）

この国の。この城の。腐敗した、政の——……。

朦朧《もうろう》とした意識の中で、眼球だけを動かした。口を開いた男の顔を見てやろうと思ったが、薄暗い牢獄からでは、ぼやけたシルエットしか見ることが出来ない。

またそのシルエットの後ろから、ひどく艶《つや》めいた、媚《こ》びるような女の声がした。

「そうですわ。彼女は、ヴィオンの大切な姫君。やがて来るヴィオンの凶事がいかなるものかはわかりませんけれど……」

声が笑み、そして続けた。

「——この国の、行く末を、左右するお方ですもの」

ぎりりと食いしばったエルザの口内に広がるのは、砂の味。

相手が何者でもよかった。そんなことはエルザには知りようがない。ただ、この女は自分を笑った、とエルザは思う。大切だという口で、間違いなく笑みをつくったであろうことが、エルザには本能としてわかった。人としての本能、女としての本能で。すでに感情さえ麻痺《まひ》しかけていたが、同性の嘲笑、それを聞くだけで、まだこんなにも胸に燃え上がる炎があるとは、エルザ自身も驚くほどだった。

声さえあれば。言葉さえあれば、たとえ牢の中だとしても、言われるままにはさせないのに。

けれど宰相と呼ばれた男、続く女はエルザが牢から出される前に、その足音を響かせて、牢獄から立ち去った。

国の行く末を左右するという大切な姫君には、声をかけることさえなかった。

引きずられるように、牢から出される。

罪人のようだと、男は言った。ただの罪人であればどんなによかっただろうと、思うことさえある。

牢の外で、エルザが教え込まれるのは、姫君としての生き方だった。食事。服装。足の運び方から、踊りのステップまで。それらはすべて、エルザのこれまでの日々とは、触れ合うことさえなかったもの。けれど、もしかしたら、与えられていたのかもしれない、と頭のどこかでエルザは思った。

もしかしたら。なにかが、少しでも、違っていたら。

「いいですか、貴方は姫君として、この国の恥とは決してならぬよう——」

占者達の叱咤《しった》は吐きそうなほどに不快だった。エルザの知る、下町でのジョセフのそれとはまったく違う。耳と頭の中を虫が這《は》っていくようだ。心の中身を空洞にしようとエルザは想《おも》いをはせる。

たとえば自分が毒吐きとして生まれていなければ。生まれ落ちた時、たったひとつでも、星の位置が違っていたなら。そんなありもしない過去と未来を夢想する。けれど空想の中でさえ、幸福な生き方をたどることは出来なかった。

エルザの一番古い記憶は、人の死だ。

エルザが捨てられたのは生まれてすぐのことだったという。赤子の彼女を引き取ったのは、下町の老いぼれ。その老人が王家や神殿とどのような関係であったのかはわからない。養い親と呼ばれるだけのものを、彼は彼女に与えなかった。

ぼろ屋で一体どんな風に育てられ、赤子から子になったのか。物心ついた時には、老人はもうエルザの顔を見ることさえなかった。

彼が発した言葉の中で、幼かったエルザが覚えているものは、たったひとつだけ。

『——喋《しゃべ》るな』

毒吐きという存在を怖《おそ》れたのか。それとも、ただエルザを厭《いと》うていただけなのかはわからないが、口を閉じていることを強要され、従わなければ杖《つえ》で殴られた。

その痛みを、エルザは自分の石を握りしめて耐えた。

ひどい生活だったとは思うが、そう長くはなかった。出会ったころから死のにおいをさせた老人は、エルザになにを与えるでもなく、教えるでもなく、エルザが七つの時に死んだ。

そしてエルザは正真正銘の捨て子となったのだ。

生きるためだけの日々が続いた。本当に、ただ、その日を生きるためだけの日々。物乞いをはじめ、スリや盗みもした。彼女が少しだけめぐまれていた点を挙げるなら、夜露をしのぐ家だけは残されていたことだろう。

それらの空虚な日々が、確かな自分の生だという自覚に変わったのは、皮肉なことに、彼女を蔑む呼び名があったからだった。

『お前が、毒吐きか』

そう言って、物珍しげに食べ物を与えてくれた人間がいた。

この国では占いがすべてだった。上流の人間であればあるほど、占いを重んじる。貴族と呼ばれる人間は皆、抱えの占者を持ち、神殿への寄進の額が彼らの格式をつくる。長く続いてきたその行為も、恩恵も、貧民にとっては手の届かないものだ。それでも国の行く末を左右する占いは、人と人をつなぎ、瞬く間に駆け抜ける。エルザの存在も、そんな風にして人々の耳に入ったのだろう。

最初は意味がわからなかった。だが、大人の真似《まね》をするように暴言を吐けば、酒場では大いにうけた。占者も捨てた彼女のことを、怖れる向きもあっただろうが、見せ物小屋の異形のように、人々はエルザをもてはやした。

そしてエルザは驚くほどの聡明《そうめい》さで、自分の言葉に力があると、それを使えば大人の間でも渡り歩けることに気づいたのだ。

毒吐きとして生まれた。けれど、彼女は選んで、毒吐きとなった。それ以外に、生きる方法を見つけられなかったから。

実際エルザは、吐く毒に不自由したことはなかった。

『あたしに娼婦の真似ごとをしろって？』

酒場の隅で足を踏みならし、細い身体をそらせて、まだ幼かったエルザは言った。

『この下衆《げす》野郎！　金をちらつかせて子供を踏みつけて、あんたのそのしおれた一物をしゃぶらせれば男としてのプライドのひとつや二つ取り戻せるっての？　冗談じゃない！　ママのお乳でも吸って夢でも見てた方が似合いだね、その方があんたの母親も、ロクデナシを生んだ自覚を持てるってもんだ！　──あたしのことをゲテモノだって？　じゃあゲテモノを食えばあんたは勇者になれるのかい。笑ってしまうね！　ゲテモノ食いはただの変態よ。とっとと汚い金だけ置いていきな！』

毒吐きとしての彼女を求める人間は、彼女の言葉を喜んだものだが、もちろん、逆鱗《げきりん》に触れることもままあった。殴られ、命を取られそうになったことも一度や二度ではない。

『よくもまぁ、そうぽんぽんと出てくるもんだ。毒吐きって名前も伊達《だて》じゃないな』

呆れたように言われたことを覚えている。エルザを痛めつけようとした大人の手を止め、そう言ったのが、用心棒のジョセフだった。

毒吐きという名は、伊達ではない。

その言葉は腹立たしく、不愉快で、そしてほんの少し、誇らしかった。

言葉の通りに生きていこうと思っていた。生きていくのだと、思っていた。

それらの日々が砕かれたのは突然だった。数日前、日暮れにエルザの崩れかけた家の門戸を叩いたのは、数人の占者。いぶかしげに眉を寄せたエルザが口を開く前に、占者はエルザの首から下げた石に手を伸ばした。

声と言葉、それから名前しか持たないエルザが、たったひとつ持っていた、濁緑と緋色のその石。

エルザの抵抗をものともせず、それに手をかけ、占者達は言ったのだ。きっと、エルザが生まれた時の宣託と、同じ口調で。

『間違いない』

そして今。彼女はこうして、囚人のように、家畜のように扱われている。

たったひとつの彼女の石が示した、彼女の生はこんなものだった。立つことさえも自分の意思ではなく、皺《しわ》の浮かぶ手に引きずられて。

(さわる、な)

殴りたいと思った。顎を上げ、つばを飛ばし、こぶしを叩きつけてやろうと。それらが誰にも届かないのであれば、自分自身を傷つけてやろうと思った。

けれど彼女の中の激情は、やはり真っ先に言葉として出てくる性質のものであったから、つばと、こぶし、邪視と同時に、もしくは先に、悪言が口から飛び出そうとするたび、雷に打たれたような絶望に襲われた。

どんな痛みも、苦しみも、どんな辱めもこれほどエルザを苛《さいな》むことはなかっただろう。

(声が、出ない)

他にはなにも、持たなかったのに。

言葉を紡ごうとするたび、お前の生に意味はなく、お前の存在に価値はないのだと、痛いほど思い知らされる。

「こちらへ。身体を浄《きよ》め、整えましょう」

長い廊下を引きずられるように歩く。常であればそのまま連れていかれるだけだが、その日は違った。

先にある大きな廊下に、響く規則的な足音。その音に、前を行く占者達の足が止まる。

「……ここで、お待ちください」

押し殺した声が珍しくて、エルザはゆるく顔を上げた。光のともらない目で、広い廊下を眺めれば、そこを横切る、いくつもの影。

幾人もの護衛を連れて、見えた横顔は一瞬。けれど、その背を、確かにとらえ、エルザは息を呑《の》む。見たことのある人間だった。直接ではない、町に飾られた肖像画。それを見るたびエルザは何度つばを吐いたことだろう。そして悪言の肥やしとしたことだろう。

この城の主、この国の主、その男が今、眼前を歩いていた。

エルザは突然、総毛立つように激高した。

「――!!　――――ッ!!!!!!!」

飛び出そうとした気配を、一瞬はやく周りに悟られた。両肩をつかまれ、腕をひねられ、押さえつけられる。

それでも、エルザは声を上げようとした。腹の底からの、叫びを。王の装束をまとう、その背に。

なんと言おうとしたのかは、わからない。それでも声を、上げようとした。

自分が姫だと、この国の姫君だというのならば。

王たる男。あの男は――自分の父だ。

彼のことを、意識などしたことはない。嘲笑以外の感想も持ったことはない。どうしてくれと、望んだこともない。今更、そう、すべてが今更のことだ。

愛せとは言わない。失われた時を、生まれてからのあたたかい食事を、返せとも言わない。それはもとから、彼女のものではなかったのだから。

母は誰かとさえ、問い詰めるつもりもなかった。すでに、そんなことはどうでもいいことだ。

ただ、呪いたかった。こうしてとらえられた今、あらん限りの激情と、毒をもって、彼を呪いたかった。

なぜ、なぜ自分を生ませ。そしてすべてを放棄しておきながら、今になって。

けれど彼は振り返らなかった。決して振り返ることはなく、こうして囚《とら》われた彼女の存在に気づくことさえなかった。

呪われた姫君。毒吐き。そうして捨て子の、エルザ。どのように蔑まれ、厭われてものぞむところだった。

受けた嫌悪と同じだけ、絶望の深さと同じだけの憎悪で呪ってやろうと、思ったのに。

(届かない)

エルザは思う。老いた手で押さえつけられながら。

(もう、なにも、届かない)

声さえあればと、言葉さえあればと、思うことは、もうやめた。

人気の消えた道を、今度は歩け、と命じられる。

一歩。また一歩。腕を取られ、足を引きずるように。

真綿のような絶望が、彼女を狂わせていく。冷たい水で洗われ、つくりのよい櫛《くし》でとかれる髪。薬を塗られる肌。磨かれる爪。裸足《はだし》で駆け回ることになんのためらいも持たなかったかかとが、やわらかく変えられていく。

ゆっくりとまぶたを持ち上げる。姿見にうつる自分を見る。消されていく捨て子の面影に、ようやく一握りの愛情を知る。
(エルザ)
下町で笑い、毒を吐き続けた、小さな、捨て子。

(あたしは、あんたを)

決して幸福な生ではなかった。泥だらけで、汚らしく、いやらしい子供だった。けれど、それでも。

(――嫌いでは、なかったわ)

ようやくそれに気づいたのに、もう、出会うこともないのだと、ゆっくりと、目を閉じる。

第二章　言無姫《ことなしひめ》の輿入れ

花のかおりは、腐臭に似ていた。

雲のない青い空に、寒さの抜けきらない、けれどぬくもりを含んだ風は、知らない緑のにおいだった。それをかき分けるように、天井の大きく開けた馬車がレッドアークの城下町を進む。

レッドアークの民は窓から期待と好奇に満ちた顔を出し、その手に持った花びらを次々に降らせた。

彼らの国の、彼らの城。そこに住まう彼らの王の子に嫁ぐ、新しき時代の花嫁を歓迎するために。

美しい方、と花馬車をのぞいた婦人が言った。

つややかな黒い髪。神秘的な赤い瞳。ねえ、見たことがある？　赤い瞳よ！

花嫁はまだ若かった。王子もまた若いのだから、お似合いだと城下の人々は囁いた。

その声は花嫁の耳までは入って来なかったが、ただよう空気で、当人はそれを知った。

(まるで、見せ物)

花馬車に乗せられたエルザは、人と目を合わせることを避けるように、うつむき、街の路地裏ばかりを目で追った。ヴィオンのように、のたれて死んでいるような野犬や物乞いはどこにもいない。

(豊かな国)

だから、人々はかくも平和な様子で、疑いもせず、異国の姫など迎えられるのだろう。

エルザのことを、たたえることさえ出来るのだろう。

(美しいだって? あたしが?)

籠のような馬車の中で自分を見下ろし心中で、そうか、さぞかし美しかろう、と呟いてみる。他人事《ひとごと》のように、軽蔑をこめて。

暗く、笑う。なにも知らない、なにもわからないこの国の人々を。

たどる己の手首の白さ、なめらかな手の甲、瑞々《みずみず》しい指の関節、そして歪みの一閃《いっせん》もなく、磨かれた爪。そこには、哀れな物乞いの面影はなかった。美しい化粧に、肌を包むドレスは、確かに一国の姫としてふさわしいものだ。けれどその中身は、獣か呪いか。なんにせよ人ではない、とエルザは思う。

鳥のようにさえずることさえ許されない牢獄の日々。物乞いのように育ち、行き着くのがこんな世界なら。

(生まれてきたことが、間違いだった)

あれほど憎んだ祖国を追い出され、今日からまた、新しい苦痛の日々がはじまるのだという。ここまで来ても、エルザは自分が花嫁となることを実感出来なかった。

やがて花馬車が王城へとたどり着き、門をくぐる。

エルザは固く唇を結び、うつろな瞳で城をにらんだ。赤い瞳は暗く濁って、光をともさない。

城の人間が次々に現れ、盛大な歓待を受けることとなった。口々に長旅をねぎらい、頭を下げる。

ヴィオンの使者達が、エルザを花馬車より下ろす。長く揺れる馬車に乗り続けていたため、膝が震えた。

両脇を挟む祖国の人間達の手は強く、けれど尊敬も愛情もない。囚人の連行のようだ、とエルザは思った。

「我らが姫君、ヴィオンティーヌは――」

ヴィオンの占者が言う。我が国の姫君、ヴィオンティーヌ。そのような呼ばれ方は、はじめて聞いたとエルザは思った。

「先に報せをしました通り、とある不幸により、声を失ってしまわれました」

とある、不幸。

（不幸！）

どの口でそれを言うのだと、笑ってしまいそうだった。こらえる必要もないのだと気づく。

笑い声さえ、失ってしまったのだから。

笑い飛ばしてやりたいと思うのに、頰の神経はこわばり、動かなかった。声と言葉を失った姫君など、不吉以外のなにものでもなかろうに、城の人間達は、いたわるようにエルザを見るだけだ。

そのいたわりは、彼らの生来の優しさだけが理由ではない。王国レッドアークの人間は、呪いには慣れている。

なぜならこの王城にも、呪われし人間がいるからだ。

占者の厚かましい挨拶はまだ続く。

「それゆえ、数々の苦労をおかけするかと思うが……」

「王妃となる人へ仕えるんだ。苦労さえ、喜びだと思わないかい？」

突然、割って入るように、張りのある声が響いた。

城の人間達が空けた道を、軽い足取りで進んできた男の姿に、エルザは目を奪われた。

美丈夫である。金の髪に青い瞳は、あまりに澄んだ取り合わせだ。精悍な顔立ちには、歳《とし》を重ねた落ち着きと、それでもまだにじむ若々しさ。

エルザのもとに迷いなく歩むと、丁寧な所作で、その手を取った。

「お会い出来て光栄です。ヴィオンの姫君。……この国へようこそ」

手の甲への口づけは尊敬の意思。

呆然とするエルザに笑みかけ、男は言った。

「僕はアン・デューク・マクバーレン」

その言葉に、ヴィオンからの使者と占者達は感嘆の声を上げる。

「おお……レッドアークの聖騎士どの……!!」

エルザもまた気づく。

（これが）

ヴィオンがその力を喉から手が出るほど欲しがった、聖剣の騎士か。

レッドアークという名を持つこの国は、ヴィオンの古くからの同盟国であり、古《いにしえ》より、聖なる剣を至宝としている。

聖なる剣は持ち主を選び、その剣に選ばれた者は聖騎士として、戦いの生を生きる。

聖騎士不在のまま、長らく荒廃していたこの国が、およそ百年ぶりに得た、生きる英雄。

それがこの男なのだと思った瞬間、相手の手が、どす黒く禍々しいものに思えた。

気づいた時には、乱暴にその手を振り払っていた。

「エルザ殿ッ！」

血相を変えて、占者が叫ぶ。

(気持ち悪い)

触れるだけで、吐き気がする。

顔を歪めたままのエルザを隠すように占者が立ちふさがった。

その背に阻まれ見えなかったが、手を振り払われた聖騎士は、おだやかに笑ったようだった。

「姫君は緊張しておられるようだ。長旅の疲れもあるだろう。城の案内は明日以降にしようか」

そんな聖騎士の助け船に、占者達は活路を見いだしたかのように顔を明るくした。

「姫君を寝室へ。ヴィオンの方々は、大臣達が待っています」

聖騎士の指示を受けて、エルザはひとり、城の奥へと侍女達に連れられた。長いドレスの裾は重く、どれほど慣れても足かせのようだった。侍女達は丁寧であるが、言葉を持たないというエルザをどのように扱っていいのかわからず、腫れ物でもさわるようだった。

寝室だという部屋に通されると、その豪奢《ごうしゃ》さに目を見張る。

（一体いくらの部屋だろう）

触れるもの、かおるもの、すべてが違う。ここがお前の部屋だと言われても、呆《ほう》けたようにたたずむばかりだった。

（この部屋の物を売るだけで、一体何日食いつなげるだろう）

空腹が満たされることは、数十枚の毛布に匹敵する幸福だとエルザは知っていた。きっとこの城の主は、知ることもないのだろうが。

（こんな部屋で）

姫君という名の、王妃という名の、人形になるのか。娼婦になるのか。

気が遠くなりそうな絶望の中で、開いた扉の向こう、廊下から話し声。幾人もの侍女の声に混じり、耳立つのは。

「いいじゃないか。少しだけ」

少年のようにやわらかな、男の声。

「だって、僕の婚約者でしょう？」

その言葉に、エルザは震える。怖ろしさではない。おぞましさだった。この国の王子。その人は――。

「失礼」

その人は、ためらいもなくエルザの寝室に足を踏み入れ、マントをさばくと、まっすぐにエルザのもとまで進んで来た。

（小さい）

不敬であると首を刎《は》ねられてもおかしくはないが、エルザがまず思ったのは、そんなことだった。彼女にかつてのような鮮烈な声があったなら、即座に口に出していただろう。

小さいと言っても、エルザよりまだ少し背丈が足りない程度だ。けれど、理由もなく自分よりも体格のいい相手を想像していたエルザは不意をつかれた。

髪の色は、灰に似た薄い銀だった。

細い身体に乗った、小さな頭がこちらを向く。大きな瞳は、くすんだ緑。その色が、エルザの心を奪った。無意識に、自分の胸に手を伸ばす。手の中にあるのは、彼女の星石だった。

色素の薄い瞳をしっかりとエルザに合わせ、王子は言った。

「はじめまして。僕はクローディアス。クローディアス・ヴァイン・ヨールデルタ・レッドアーク。──この国の王となる者だ」

王、と彼は言った。そんな重いものを背負っているとは信じられないほど、華奢《きゃしゃ》な手足だった。

身につけたものはなるほど、特別上等な素材で出来ていたようだが、不思議なほどの軽装だった。短い袖のシャツとブーツ。それらは、肘と膝を剝き出しにしている。

(これが)

エルザの瞳が震え、彼の手足を見た。まだらで不気味な肌の色。その肌を彩るのは、肘の上、膝の上まであざやかに彫り上げられた、複雑な紋様だった。不吉なそれを隠しもせずに、彼はたたずんでいた。

(異形の王子)

レッドアークの呪われた王子は、その四肢からそんな風に呼ばれている。確かに、禍々しい姿だった。けれど。

(拍子抜けだ)

これは、ただの人間だ、とエルザは思った。

この国には様々な伝承がある。その伝承は綿々と続き、今この時に至っている。聖なる剣。それを抱く、騎士と巫女《みこ》。魔物の森《イェリ》のほど近く、――たったひとりの世継ぎの王子は、異形の四肢を持つという。

けれど、エルザは呆れた。王がなんだ。異形がなんだ。

(ただの王族のお坊ちゃんじゃないか)

冠をかぶって偉そうにするしかない、気品とやらをなによりも尊ぶ、反吐《へど》の出るような王族のひとりだ、とエルザは心の中で断じた。

(どうせ、国の人間の命なんて)

塵芥《ちりあくた》のひとつぐらいにしか思わない、こんな手足じゃなくとも、王族なんてみんな異形だとエルザは思った。

「……エルザ？」

クローディアスが名前を呼ぶ。その、静かで、おだやかな響きはけれど、黒いインクのように、エルザの胸に広がる。

エルザの沈黙の意味を、クローディアスは勝手にくみ取ったようだった。

「ああ、そうだった。君は言無姫だったね。気を悪くさせたなら謝ろう。聞いていたはずなのに、失念していた」

(言無姫?)

それが自分のことだと気づくまで、しばしの時間を必要とした。そうだ、エルザ達がレッドアークの聖騎士や異形の王子のことを知っていたのなら、この国の王子もまた、エルザの異変を耳にして、自分のことをそんな風に呼んでいてもおかしくはない。

古くさい詩人がうたう様子が目に見えるようだ。輿入れをするヴィオンの姫君は、とある不幸により、声と言葉を失った、哀れな言無姫であると。

(おあいにくさま)

心の中だけで、エルザは暗く笑う。

(あたしはそんな綽名《あだな》じゃない)

もっともっと、彼女を的確に言い表した綽名があったが、それはもう使うこともないだろう。

自分はたったひとつのその武器を、失ってしまったのだから。

「エルザ・ヴィオンティーヌ。僕は非力だけれど、君の助けになりたい」

とクローディアスは言い、エルザの手を取った。あの聖騎士と同じように、その手の甲に敬愛の口づけをするのだとわかり、エルザの肌が粟立《あわだ》った。

「！」

指先が触れるところから電流が走る。理屈ではない抵抗を感じて、エルザはとっさに、その手を払っていた。

クローディアスの目が、驚きで見開かれ、エルザの星石と同じ色をした瞳があらわになる。エルザもまた、自分の反射に驚いていた。

(今のは)

——なんだ？

先の聖騎士に感じた拒絶とは違う、はっきりと感じる『なにか』があった。

神経を研ぎ澄まし、それでも不気味さと不可解さに硬直するエルザに対し、奇怪な紋様の入った手を宙に置いたまま、クローディアスは静かに眉を下げ、言った。

「怖い？」

やわらかなその問いかけに、形にならない言葉が、坂から転がり落ちるようにエルザの中で回転した。

(馬っ鹿じゃないの⁉)

そう、心の中で、エルザは罵倒した。彼女に声があったら、叫んでいたことだろう。なにが、「怖い?」だ。傷つきやすい乙女じゃないんだ!

(さわられたくないだけだ)

あんたを怖がってなんていない。

あんたなんかに、さわられたくないだけ。

そう言ってやりたい、啖呵《たんか》をきってやりたいのに。言いようのない悔しさで、胸が詰まり、歯を食いしばると涙がにじんだ。白い顔が、苦しみに歪む。星石を握る、その手に力がこもる。

(なんで、あたしは)

もとよりなにもなかった。なにも持たずに、生まれてきたのに。

(声さえ失ってしまったんだろう——)

うつむいて悔しさをにじませるエルザと向かい合い、クローディアスは目に見えてうろたえた。

「あの……」

そして途方にくれたように惑う声で、「エルザ」と名前を呼んだ。彼の目には同情が浮かんでいた。花馬車に乗せられ、異国の地に嫁がされるエルザのことを、必死でおもんぱかろうとするようだった。

しかも彼は呪われた王子だ。国が違えば、間引かれていてもおかしくはないような。あるいは、もしかしたら、自分達は似ているのかもしれないと、一瞬だけエルザは思った。

クローディアスの紋様の浮かぶ手には、かすかな震えがあった。空気を揺らすまいと止められた息。それらににじむのは、常ならざる覚悟だった。再び伸ばされた手が、エルザの頬に触れる。

「――……」

ここで、拒絶されたら、もう決して触れることはしまい。そんな決意をにじませて。

その悲壮さに比べ、エルザの心は苛烈だった。異形の王子のいたわりを感じ、ほんのわずかに同族意識も浮かび、だからこそ、わき上がったのはいたわりではなく怒りだった。

絶対に、許さない。

沈みそうになる心に火をともし、クローディアスの手が頬に触れた瞬間、走ったしびれを、彼女は知らない。感じた抵抗が一体なにに由来して、なにが起こっているのか。ただ、それらをすべて振り切るほどの激情のままに。

細い手首を翻し、異形のその手を、叩き落とし。

「さわるなッ！　――このモヤシ王子!!」

思わず叫んだ声に、時が止まった。

その低俗でひどい言葉よりも、拒絶の仕草よりも、クローディアスは驚き、それ以上にエルザは驚いた。

「……え……」

「ええっ!?」

頓狂な裏声が、エルザの喉から出た。けれど、それさえも間違いない。

エルザは自分の喉に手をあて、その声帯を震わせながら、潤んだ声を発する。

「戻った……。戻った。あたしの、声。あたしの……」

それは、焦がれるほどに求めた、彼女自身の声であり、言葉だった。

クローディアスも呆然とその姿を見つめていたが、やがて静かに眉を寄せて、囁く。

「エルザ。もしかして君は、なにかの魔術にかかっていたんじゃないか」

クローディアスは、自分の手を見下ろした。

「だとしたら、この手のせいかもしれない。僕の手足には、不思議な力があるんだ。

これまでも、人の使う魔術と反発し、それを無効化して……」

けれどエルザはすでにクローディアスの言葉を聞いてはいなかった。赤い瞳に戻ってくるのは光だ。そしてその胸にともるのは火と熱。

むくむくとふくらむ、生きる意志。

(声があれば)

言葉さえあれば、生きていける！

次にエルザがとった行動はあまりに迅速だった。傍らにあった細い花瓶をつかみ、壁に叩きつける。クローディアスが思わず一歩踏み出し、叫ぶ。

「!! 危ない！」

けれどエルザは答えない。割れた破片で、自分のドレスの裾を音を立て裂いた。足が剝き出しになることなどなんでもなかった。歩きにくい靴も大きな動作で放り捨てる。

ドレスの裾は一枚の大きな布になり、そこに自分の髪留めを投げ、部屋の装飾品も投げていく。

クローディアスはそんなエルザをぽかんと見つめ、首を傾《かし》げた。

「なにをしてるの？」

「わからない⁉」

エルザは吐き捨てるだけでクローディアスの問いには答えなかった。なにをしているかだって？　言うまでもなかった。ここから逃げるのだ。

そして金目のものは売り払ってしまうつもりだった。

クローディアスは薄い色の瞳を迷うように揺らして、ぽつりと聞いた。

「どうするの？」

「じゃあ聞くけど！」

くるりと身体を回す。声を取り戻し、ドレスを引き裂いたエルザは、一瞬前とは別人のように、ひどく軽やかだった。

「どうしてあたしが、あんたと夫婦にならなくちゃあいけないの⁉」

異国の地ではまた違って響く、けれどもあまりに自由な色をした彼女の声は、たとえその異名を知らずとも、対する者をひるませる。けれど、クローディアスは決して臆することはなかった。

「僕と、君の、国のためだ」

答えは、あまりにはやく、あまりに静かで、やわらかく落ち着いていた。

その答えを、エルザは笑い飛ばす。

「ハン！　あたしの国？　なにがあたしの国よ！　さすが一国の王子様は言うことが違う！」

そして笑みを殺し、強い瞳でにらみつけた。

「あたしに国なんてない」

自分と相手、そのすべてを否定する言葉を、クローディアスはまっすぐに受け止めた。けれど反論する前に、閉じられていた扉が開き、飛び込んできたのは金の髪の聖騎士だった。

「ヴィオンティーヌ、ディア！」

踏み込んできた騎士はエルザを敬称で、そしてクローディアスを呼び慣れた略称で呼んだ。

背後の廊下では使用人が何人も、心配げにのぞき込んでいる。

「アンディ……」

クローディアスが振り返り、聖騎士の名を呼ぶ。彼の呼び名もまた親しい者へのそれだった。

騒ぎを聞きつけ踏み込んできたはずの聖騎士は、部屋の惨状、ひいてはエルザの狼藉《ろうぜき》を見て動きを止めた。

「なんだい、こりゃあ……」

エルザは荷物を肩に担ぐ。赤い瞳をきっとアン・デュークに合わせて言った。

「ねえ、あいつらは帰った？」

アン・デュークは驚きに目を見開く。しばらく前に見た、繊細で暗澹とした線の細い言無姫はもうどこにもいなかった。見下ろす彼女は、赤い瞳に火をともし、なにもためらうことのない、軽やかな娘だ。しかしアン・デュークはその違いを即座に指摘することは出来ず、ひとまず判別しやすいものから触れた。

「ヴィオンティーヌ、声を――」

「あたしの名前はエルザよ！」

遮るようにエルザは言い、アン・デュークに詰め寄った。

「あいつらは帰ったか、って聞いてんのよ！　あの、占い狂いのボケ老人達は帰ったの!?」

その剣幕に押され、聖騎士はためらいがちに答える。

「ヴィオンの使者達は、早々にお戻りになったけど……」

「やっぱりね」

鼻を鳴らしてエルザは笑う。その笑いは決して上品ではなく、豪奢な部屋では浮いていたが、不思議なほど、彼女自身には不似合いではなかった。

「卑怯《ひきょう》者は逃げ足もはやいってこと。どっちにしろ好都合よ。それじゃ！」

「ま、待て、どういうことだ⁉」

焦ったアン・デュークの手がエルザの肩をつかむ。その手を厭うように、エルザは身をよじって叫んだ。

「さわるなって言ってるでしょう！　あたしはもう一秒たりとも、こんなところにいたくない！」

「だから……！」

アン・デュークがぐっと手に力をこめそうになるのを、止めたのはクローディアスだった。

「アンディ、手を離してあげて」

エルザのように通りはしないが、クローディアスの声は澄んでいた。そして同じように澄んだ目で、のぞき込むようにエルザを見て。

「エルザも。少し、落ち着くんだ」

その目に、一瞬エルザはたじろぎ、それから顔を背けて言い捨てた。

「あたしはいたって落ち着いてる。冷静に、あんたと結婚なんてする気はないって言ってる」

二人を見下ろしながら、アン・デュークは見事な色彩だなと、場違いな感想を思った。クローディアスの銀と緑。そして、エルザの黒と赤。

不思議なものだとアン・デュークは思う。

彼がはじめてエルザを目にした時は、その陰鬱な表情に不安を覚えた。彼らの王子は、人の痛みに寄り添う静かさを持っている。だからこそ、あまりに痛みを抱え、それをこらえる人間とは、決して幸せになれないのではないかと思った。

けれど今彼女は、同じ容姿と同じ顔で、まったく違う感情を表に出している。

水のように静かなクローディアスが、エルザをのぞき込んだまま、囁くように言った。

「あの……それは、わかるんだけど……逃げられると困るんだ」

「引き留めても無駄！」

エルザにはとりつく島もない。「どうしよう」と、クローディアスは誰に言うでもなく呟いたが、アン・デュークに助けを求めることはなかった。

それからエルザに、頼み込むような口調で言った。

「もう、晩餐《ばんさん》の用意が出来ているんだ。君がいやがっているのはよくわかったんだけど……。とりあえず、食べてからにしない？」

「！」

なにを言っても突っぱねる気でいたエルザは、やはりなにかを反論しようとして口を開き、開いてから言葉を探した。

そして、毒吐きと言われた自分の言葉が、即座に飛び出してこなかったことに、心中だけで驚愕《きょうがく》したのだ。

こぶしだけを強く握るが、なにを言えばいいのか、わからなかった。口を開いた形のままで、徐々に肩を落として、やがてぽつりと言った。

「………食べる」

小さな子供のようなその答えに「じゃあドレスを着替えるところからだ」とクローディアスが微笑《ほほえ》む。

聖騎士はしみじみと比べるように、風変わりな姫君と、異形と呼ばれる自分達の王子を眺めていた。

第三章　晩餐と杯

並べられた数々の銀の食器。バケットにはあたたかなパン。透きとおったスープに、かぐわしいにおいの料理の数々。

それらを見つめて、エルザはごくりと喉を鳴らした。

本来であれば、この晩餐の席がクローディアスとの対面になるはずだったようだ。

二人で食べるには、広過ぎる食卓。教育の行き届いた侍女達。

聖騎士アン・デュークはエルザ達を気にしながらも、クローディアスになにごとか囁かれ、二人の前から去って行った。

かわされた密談は、自分に関することなのだろうが、目の前に並べられた豪勢な食事に、エルザの思考は飛んでしまいそうだ。

(姫君となれば飢えることもないのだぞ)

かつてエルザにそう言ったのは占者達だった。

なんと腹立たしい言葉だろう。

そんな薄っぺらい言葉は、飢えたことがない人間だから言えるのだ。

飢えるということがどれだけみじめなことか、知りもしないくせに。

（姫君にふさわしいふるまいを）

そう言って占者達は、王室のマナーというものをエルザに叩き込んだ。「出来なければ食事を与えない」という、家畜以下の扱いで。

そのありがたい躾《しつけ》により、エルザが一通りの作法を持って食事をすることは不可能ではなかったが。

（クソくらえ！）

実際に行うつもりは、毛頭なかった。

フォークを杭《くい》のように握ると、肉を突き刺し、そのまま口元に持っていって歯で食いちぎった。

指先を舐め、スープの皿をつかみ、直《じか》に飲み干すとパンにかぶりつく。

周囲が絶句しているのがわかっていながら、エルザは止める気はなかった。止めたいとも思わなかったし、止められるとも思わなかった。ただひたすらに、舌を、胃を、満たすために咀嚼《そしゃく》し続けた。

あたたかな食事は、それだけで、幼い時からの長い飢えを刺激した。わけもなく感情がかき乱されて、涙が出そうになる。その涙も飲み込むように、エルザは喉を鳴らしてスープを飲んだ。

そんなエルザをあっけにとられて見つめたのは、クローディアスもまた同じだった。

薄い色の瞳を、エルザは力の限りにらみつけ、ぺっと小さな骨を吐いた。

「なに」

軽蔑をするか、呆れ果てるか。

どんな反応も嘲笑《あざわら》う用意があった。

けれどクローディアスは、彼女が想定していた反応のどれでもなく、ほんの小さく、笑っただけだった。それは決して悲観的な笑みではなく、まるで、なつかしむかのように。なつかしみながら、いとおしむように。

そして彼は言った。エルザに対してではなく、傍らに控えた、侍女達に向けて。

「ここに来たばかりの、ミィってこんな風だったかな」

その一言は劇的だった。

困惑し、動きあぐねていた侍女達はぱっと顔を輝かせる。そうしてめいめいに動き出した。ある者はタオルをむらし、ある者はエルザの膝に布を敷き、ある者は床を掃く。その手慣れた様子に、逆に戸惑ったのはエルザの方だった。

「な、なによ」

「いいや、続けてくれて構わないよ」

そして王子は自分は食べず、微笑みながら尋ねた。

「口に合ってよかった。美味《おい》しいかい？　君の国ではどんな味つけなんだろう」

「味つけ？」

ハッとエルザは唇を歪めた。トマトとスグリのソースが口の端について、野蛮な血のようだった。

「塩さえあればごちそうよ」

その言葉に、クローディアスがなにかを言う前に、侍女の手が伸び、エルザの口元を布でぬぐおうとした。

「さわらないで!!」

とっさにその手を振り払えば、侍女は恐縮しきった様子で、

「失礼いたしました！」

と頭を下げる。エルザはまるでひどい悪者になったようなばつの悪さを感じた。

手の甲で口元をぬぐいながら、吐き捨てるように言う。

「なんなの、この国」

エルザの非難をもっともなことだと思ったのか、クローディアスが眉を下げて言う。

「ちょっとね。いろんなお客があるから」

「あんたもこうやって食べさせてもらってたの？」

力いっぱいの皮肉であったのに、クローディアスは一瞬驚いて言葉をなくしたあと、そっと目を伏せて頷いた。

ゆっくりと動き出す、彼の食事作法は完璧で、魔法のようにナイフとフォークを操りながら。

「それもあるかもしれないね。……僕で慣れてる」

答えにエルザはいよいよ呆れて、テーブルに肘をつき、顎を乗せてしみじみ言った。

「王子様って、気色悪い」

その、あまりに口さがのない、けれど素直な言葉に、クローディアスが笑う。そして自然な口調で尋ねた。

「食後の飲み物はなにがいい？」

「水でいい」

泥水でなければそれでいい、とエルザは思った。

クローディアスは頷く。

「じゃあ、水を持ってこさせよう。話したいんだ」

そこまで会話をして、エルザは整えられた眉を上げた。自分の立場に気づいたのだ。

「聞いてなかったの？　あたしは出ていくって言った!!」

「焦ることはないじゃないか」

対するクローディアスはやはり、呑気《のんき》ともとれるほど、おだやかな口調で言い含める。

「閉じ込めたりはしないよ。出ていくにしても、夜が更けてしまってからでは危ない。この近くには、魔物の出る森もあるからね」

「……」

エルザは顎を引き、その赤い目で、疑うようにクローディアスを見やった。けれどクローディアスはその剣呑《けんのん》な視線に笑みを返し、提案する。

「甘いデザートも出そう」

エルザは銀のフォークをクローディアスに突きつけて言った。

「いつも食べ物で釣れると思ったら、大間違いよ」

その声は厳しい調子でこそあったが、口の周りが煮込みのソースで汚れていたので、あまり説得力はなく。

クローディアスはやはり、静かに笑うだけだった。

暖炉の火は小さかった。

エルザは椅子をそばに引き寄せ、ベッドから持ち出した分厚い毛布をかぶり、膝を抱えて座っていた。見たこともないような大きな毛布で、触れたことのないさわり心地だった。

「寒い？」

侍女達を下がらせて、クローディアスが尋ねる。用意されたのは水差しではなくあたたかいカカオと焼き菓子だった。

「寒くない」

とエルザは短く答えるが、身震いするように肩にかかった毛布を引いた。広い部屋は暖炉の火がなくともあたたかかったが、エルザは膝を抱えてから動こうとしない。

その形は、人に慣れない野生の獣のようだった。

クローディアスは自分も椅子を持ち、慎重に距離を取って座った。

沈黙がおりた。クローディアスは言葉を探すように、静かに視線を泳がせる。やがてそろそろとエルザの手が伸び、焼き菓子をつかんで引っ込んだので、クローディアスは声を出さずにやわらかく目を細めた。

カサカサと焼き菓子を噛む音だけが響き、それが止まると小さな声がした。

「甘い」

くぐもったような、かすかな声だった。

「口に合わない？」

尋ねると、また咀嚼する音。

「甘すぎて頭がしびれる。こんなものばかり食べてるから、あんた達の頭は蜂蜜漬けになるのよ」

不快そうに言いながらも、名残惜しそうにエルザは指を舐めた。クローディアスはまた小さく笑う。

彼の笑みはおだやかで、不思議とエルザの気持ちを逆なでするようなことはなかった。その笑いがこれまでの、自分を笑ってきた人間達とどう違うのかは、エルザにはわからない。

エルザは今度はティーカップに入ったカカオに口をつけて、「甘くて、苦い」とまた呟いた。それでもやはり、飲み干すのを止めようとしない。

その目はクローディアスを振り返ることはなく、ただぼんやりと暖炉を見つめている。赤い瞳に炎がうつると、類のない宝石のようだった。そしてエルザはしばらくしてから、小さな声で言った。

「あたし、これから、どうなるの」

これまでとは違う、覇気のない、かすれた声だったから、クローディアスは答えをためらった。けれどそのためらいを隠して、わざと明るい声色で言う。

「逃げ出すつもりだったんじゃないの？」

言われたエルザは、やはりクローディアスを振り返ることなく目を細める。続く呟きは、低く、いくらか強さが戻っていた。

「……あんたはそれでいいの」

「そうだね。僕の役目は、君を逃がさないことだ」

近くの鉢植えの葉をつまんで、クローディアスは言う。やわらかくも、強情をつらぬくその姿勢に、エルザはまた、かすかな声で言った。

「本気で、あたしと、夫婦になるつもり？」

口に出してみれば、その空虚は際立った。こうして異国に連れて来られ、知らないかおりのする毛布にくるまっても、エルザにはこれが現実のことのようには思えなかった。

優しさや、やわらかさ、あたたかさを感じるたび、余計にこれが甘く、それゆえに苦い悪夢のように思えた。

目の覚めるような痛みや苦しみがあれば、少しは現実を感じられたかもしれない。またそれらは遠からず与えられるものだろう、と思ってもいた。

「信じられない？」

クローディアスが囁くように尋ねると、エルザはその問いかけに問いかけで返した。

「信じるって、なに？」

毛布をかぶり、膝を抱えてクローディアスをにらみつける、炎をうつすことをやめた赤い目は光なく濁っていた。

まぶたを半分下ろし、エルザはかすれた声で、うわごとのように言った。

その手は自分の胸元に、首から下がる石を握りしめる。

「……他人に、生き方を、決められるのは、もう、まっぴら」

呻《うめ》くような呟きを最後に、エルザは自分の身体を丸めるように、抱えた膝に頭を置いて、音のない寝息を立てはじめた。

クローディアスは椅子に座ったまま手を組み合わせ、眠るエルザを眺める。

しばらくそうしていると、二人のいる部屋の扉を控えめに叩く音が聞こえた。続いて遠慮がちにかかった声にクローディアスは立ち上がり、扉を開く。

「アンディ、いいところに来てくれた」

入って来たのは夕食前に別れた聖騎士だった。クローディアスは彼を招くと、エルザを示して言う。

「寝室まで運んでもらえないかな。僕じゃあ、彼女を抱き上げる自信がなくて」

丸くなって眠る姿を見て、アン・デュークは目を見張り、のぞき込むと小さな声で尋ねた。

「これは……。でも、いいのかな」

そのためらいをなんととったのか、クローディアスが答える。

「目は覚まさないと思う」

はっきりとしたその答えに、アン・デュークがクローディアスを見て、静かな声で言う。

「……なにか、盛ったのか？」

クローディアスは躊躇《ちゅうちょ》なく頷いた。

「うん。よく眠れる薬をカカオに混ぜて。突然起きて、暴れたり、逃げ出されたら困るから」

アン・デュークは一度腕を組んで深くため息をつき、組んだ手をほどくと自分の頭に手をやりながら言った。

「ディア」

「はい」

「ここは君を叱るところかな」

ひとりごとのような、ささやかな呟き。

けれど、聖騎士との付き合いは長く、様々なことを教えられてきたクローディアスは、その言葉に含まれる意図を察して、緑の瞳を曇らせた。

「……いけなかったかな」

気を失ったように眠るエルザを見下ろし、弁解のように言う。

「自由を奪おうとしたわけじゃないんだ。長旅だったろうし、なにより、もしも彼女にかかっていたのが封じの魔法なら、身体にもずいぶんな負担がかかっていたはずだ。この国に来たばかりで、安心しろというのも難しいし……」

その頭に、アン・デュークが手を置いた。さわり心地のよい銀の髪に包まれた、小さな頭だ。生まれの特殊さから、クローディアスは同年代の少年よりも育ちが遅く、体格が小さい。いつまでも聖騎士にとっては小さな王子だった。

そしてこれまでもそうであったように、ゆるやかな口調でクローディアスに言った。

「わかってる。僕でもそうするかもしれない。思いやっていたから、彼女のためだから。けど、ディアはそれを黙って行ったのだろう？　意思に反することを、術であれ薬であれ勝手に行えば、相手の逆鱗に触れても仕方がない」

クローディアスは視線を落とし、アン・デュークの言葉をよく噛みしめてから言った。

「……ごめんなさい」

その幼い答えは、クローディアスの頼りなさでもあり、また純粋な美徳でもあった。だからアン・デュークはそれ以上言いつのらず、くしゃくしゃとクローディアスの頭をなでて、エルザに向き直る。

「それじゃ、失礼」

毛布ごとエルザを抱き上げると、「軽いな」と一瞬眉を寄せた。それは、誉《ほ》められるような軽さではないと言うようでもあった。

ベッドに下ろしながら、侍女達を呼ぶ前に、アン・デュークはしみじみと言う。

「いろいろと、想像したものだけど」

エルザの寝顔は安らかなものではなかった。眠っているのに、どこか苦しんでいるようだ。その哀れさを誤魔化すように、アン・デュークが肩をすくめた。

「こんな野性的な姫君だとは予想外だな」

クローディアスも同じように寝顔を見ていたが、不思議そうに首を傾げた。

「そう？」

「ディアは気に入ったのか」

小さく微笑んで、アン・デュークが言うけれど、クローディアスは笑わない。ただ静かに、眠るエルザの顔を見つめて言った。

「気に入ったとか、気に入らないとかじゃないよ」

その横顔は冷たく大人びていた。

「これも僕の大切な務めのひとつだ」

アン・デュークは一瞬不意をつかれ、またもどかしげに頭をかく。年長者として、なにかを言わねばならないとは思うが、上手《うま》く言葉に出来なかった。

彼が言葉を探す間に、クローディアスはエルザから目をそらし、アン・デュークに向かって言った。

「アンディ、父上は」

その、これまでとは違う硬い口調に、アン・デュークは眉を上げ、今度こそ笑みを深くして口を開いた。

「大丈夫、駆けつけてみればピンピンしてたさ。そう簡単にはくたばらないよ、あの白タヌキはしぶとい」

大事をとって侯の邸宅で一晩休んでから戻るそうだ、とアン・デュークはクローディアスを励ますように言った。

現在、レッドアークの王城には王が不在だった。忍んで会談に向かっていたある侯爵の館で、王が体調を崩したと報せが入った。クローディアスはたとえ城を留守にしてでも、聖騎士に王のもとへと向かうよう頼んだのだ。

クローディアスの若さに比べて、現王は高齢である。また年齢よりも、彼が重ねて来た数多くの苦労が、彼の身体に負担をかけているのであろうことは想像に難くなかった。

荒廃したこの国を一代で立て直した名君の不調は、まだ若い世継ぎであるクローディアスでなくとも、不安をかき立てられる。

しかしクローディアスは気丈を装うように、一度頷いただけで、それ以上は追及しなかった。

「僕は明日からまた忙しい。その間の、彼女のことなんだけど……」

エルザを見下ろして、小さく言った。

「頼めるかな、オリエッタに」

クローディアスの口から発せられた名前は、アン・デュークの妻のものだった。国を守る聖剣の騎士である彼の妻は、美しいひとであったが、決して平凡な女ではなかった。

王国レッドアークの伝承に名を刻むひとり。聖剣を守るため、一生を剣と添い遂げるとされた巫女。彼女は今、剣ではなく聖騎士自身と添い遂げる道を選んでいた。

クローディアスの言葉にアン・デュークは明るく笑う。

「明朝すぐにでも。今でさえ、なんで僕だけが先に会えるのかって、ひどくなじられたんだから」

肩をすくめてそう言って、アン・デュークもエルザを見下ろし付け加えた。

「その、言葉封じの魔術とやらも、気になるからね」

剣の巫女はこの国の中でもひときわ魔術に造形が深い。人柄から考えても、エルザを世話するのにこれ以上の適任はなかった。ひとつだけ障害があるとすれば、剣の巫女はクローディアスが軽々しく命じることが出来る立場ではなく、王族の権威とは別に独立した権限を持っている。

けれど子を持たないアン・デュークとオリエッタにとっては、クローディアスは我が子にも等しい。その彼の願いをかなえてやりたいと思うのは当然のことだった。

快い返答に、クローディアスは礼を言い、それからエルザを見て目を細め、静かな声で言った。

「僕には母の記憶がない。だから、陛下と母が、どんな夫婦だったかは知らないし、理想とすることは出来ても、見本には出来ない」

彼の母は、病弱であったがために、クローディアスを生んですぐに命を落とした。

「……けれど、出来ることなら、アンディとオリエッタのようになりたいと思う」

王としての父しか知らず、肖像画としてしか母を知らないクローディアスがそれを願ってくれるのは、光栄なことだとアン・デュークも思ったが。

面はゆそうに頬をかいて、浅いため息をついて。

「僕達も、出会った時から仲むつまじく、苦労がなかったわけでもないさ」

過ぎてきた時間をなつかしむように、アン・デュークはエルザの寝室の窓から、細く浮かぶ月を望んでそう呟いた。

細い月の光が石壁の間から、燭台《しよくだい》の炎に差し込んでいた。窓というには幅の狭いその隙間には枠もガラスもなく、代わりに複雑な計測器が取り付けられている。星取《ほしとり》と呼ばれるその機器は、占いの国たるヴィオンの上流階級の間で普及しつつあった。星取真新しい星取。そして燃える油のかぐわしいにおいが、主の権威を象徴しているようだった。部屋は薄暗く、密談には似合いの夜だった。

ソファに腰をかける男は壮年だった。蓄えた髭《ひげ》と、顔に深く刻まれた皺。目は細く、斜視がかっている。燭台の灯《あか》りの下でもそれとわかる上等な着物には、ヴィオンの城の中でも、人を統率する者にだけ与えられる紋章が縫い込まれていた。しかし彼は王族でもなければ、高貴の生まれでさえない。だからこそ、目覚めてから眠るまで、宰相の地位を示す紋章を外すことはないし、身を包むものも最上のものでなければならなかった。

宰相たる男が、銀の杯に注がれた蒸留酒を飲み干すと、傍らにもたれた女が酒を注いだ。壮年の男とは不似合いに若い女だったが、かおる色香は、酒のそれよりも強かった。彼女は宰相の妻であり、同時に彼にとっては星の女神そのものでもあった。

新しい酒で唇を濡《ぬ》らしながら、宰相が低い声で囁く。

「顔を上げたまえ、カールストン卿《きよう》よ」

蜜のごとき時間が流れる部屋の中に、異質な人間がいた。石畳の床に膝とこぶしをつき、うなだれた大柄な男は、その部屋と卿の呼び名に不似合いな、薄汚れた上着に身を包んでいた。宰相の言葉にわずかに肩を動かしたが、表情は暗がりで読めない。

男が腰から下げた星石は、夜空のような濃紺だった。町では隠す者も多いが、城と神殿に入る時には、星石は必ず外へ見せねばならないしきたりだった。紛《まが》うことなきヴィオンの民である印。その石には時に、地位や立場も付加されることがあったが。

「──爵位はとうに失いました」

答える男の囁きはかすれ、血を吐くような苦さを含んでいた。

ふっと宰相の口元が笑みの形に歪む。

「本意ではあるまいて。少なくとも先代は、カールストン家の解体に最後まで抵抗していたはずだ。臆病者のハリスが起こした、癇癪《かんしゃく》であったな」

宰相が臆病者とのそしりを口にした相手は、ヴィオンでは知らぬ者のない大貴族だった。その由緒と権威とともに、宰相と根深い対立関係にあることも、周知のことだ。

宰相の言葉はいたわりであったが、宰相と貴族、二人の対立ゆえだろうか、あまりに軽く響いた。男はぐっとこぶしに力をこめるだけで、答えない。

「……自分をここに呼んだ、理由をお聞きしたい」

不慣れのにじむ口調で男が性急に尋ねると、宰相は焦《じ》らすように視線をずらし、傍らの妻の髪をなでた。女は笑う。狂おしいほどの色香で。

そして宰相は世間話のような軽さで言う。

「本日、ヴィオンティーヌの輿入れが済んだ」

膝をついた男の肩が震えた。けれど男はなにも言わなかった。

「哀れな毒吐姫だ。この国に生まれなければ。占いなどにその一生を狂わされることもなかったであろうに」

「――――」

「卿もそうであろう。また、多くの他の人々も」

飲み干した杯を傍らに預け、宰相は立ち上がる。

「占のない国が、欲しくはないか」

男が息を呑む音が響いた。言葉はない。

男のもとまで宰相は進み、その前に膝をつく。そして暗がりの中、宰相の声だけが響いた。

「すべての人々が、誇りを持ち、この国の主となる、そんな国が欲しくはないか。我らは確かに、星と神の子だ。だが、だからこそ、天とてこの腐敗を憂慮していることだろう」

「一体、なにを……」

男の声は震えていた。宰相の真意をはかるために。宰相の言葉は変わらず空虚だが、不思議な引力があった。

「私は下町の生まれだ。ハリスやお前達が、どのような言葉で私を蔑んでいるかも、知っている。けれどだからこそ、わかることもあるのだよ」

肩に乗せられる手。乾いたそれは、一体どんな未来をつかむ手だろう。

「時代の夜明けのはじまりとして、この国に、新しい議会を。民による、民のための。そのためには、この国に一石を投じる必要がある」

この国のため、と宰相は言った。ヴィオンのため。この疲弊しきった、占者達の国を変えるために。

「——今一度、剣を取ってはくれないか。カールストン卿よ」

油の燃える音。そして男の喉が鳴る音だけが、部屋に響く。

男に走る震えは、怯えのためか、それとも高揚のためなのか、本人さえわかっていないようだった。追い打ちをかけるように、宰相は言葉を重ねた。

「占いにより、多くの民が、苦しい生を強いられている。違うか？」

男の唇が震えて、かすれた声があがった。

「……毒吐姫」

その忌み名に、宰相は眉を上げた。男も、自分の言葉に戸惑ったようで、言葉を探した。けれど、思い切ったように、言葉を発した。

「民だけではない、この国の、毒吐姫もまた……」

哀れなヴィオンティーヌ。その存在を耳にして、宰相は笑った。意を得たり、と満足げに。

「もちろん、彼女もまた、犠牲者のひとりだ。新しい歴史のはじまりとして、今一度、この国に取り戻し。この国の、ヴィオンの姫君として、幸福な生活を約束しよう」

そのためにはしばしの用意が必要となるが、やってくれるかと宰相は尋ねる。

男は即答は出来なかった。沈黙が、彼の迷いを表していた。約束と宰相は告げたが、それにどんな効力があるのだろう。彼にはわからない。

けれど、これまで誰も、いなかった。

誰もいなかったのだ。この国を変えようと、立ち上がった者は、誰も。

「……本当に」

かすれた言葉は、そこで途切れた。衣擦《きぬず》れの音がした。宰相が立ち上がった音ではなかった。その後ろ、ずっとソファにしなだれていた長衣の女が、立ち上がった。

「信じなさい。星と神は我らとともにあります」

言葉は、あまりにつややかであった。妖しいまでのあでやかさで、女は囁く。聞き慣れた儀礼句を。

「星と神の運命において」

その声に呼応するように、宰相もまた復唱した。

「星と神の運命において」

占のない国と宰相は言った。願いと祈りはあまりに鮮烈で、焦がれるほどであったが、やはりその場にいた誰もが、あまりに慣れ親しんだ誓句に陶酔を感じていた。

星と神の運命において。

銀の杯をかかげて、女が笑う。

「国が、変わるのよ」

流れはじめた雲が、行く末を示す星々を隠し、また細い月も隠した。

燭台の火も消え、すべては、闇の中だった。

第四章　さよなら王子様

エルザの目覚めは決して爽やかではなかった。手足からまぶたに至るまで、どこもかしこも重く感じられた。特に消化器の重さはひときわだった。

「あ、う……」

丸くなって横たわったまま、うめいて、安堵《あんど》した。

よかった。まだ、声が出る。それならばいい、それなら、生きて、いける。おぼろげな意識の中でそう思い、またまぶたを下ろそうとした視界に、人影が降りた。

「目が覚めまして？」

やわらかく甘い、けれど聞いたことのない声に、エルザの意識が急速に引き上げられる。その声だけではない、自分の立場と、居る場所を思い出し、安穏と寝ている場合ではないと警鐘が鳴った。

「おはようございます」

まず、視界に入ったのは、ひとつにまとめてゆるく結われた、黒く長い髪だった。黒いまつげに、黒い瞳。白い肌。妙齢で、仕草さえも美しい女性だが、知らない人間だった。

「喉が渇いているでしょう？　お水を」

手を貸され、半身起き上がる。知らない人間に触れられるのは不快だったが、身体の節々に上手く力が入らないのも事実だった。

水差しの水をもらい、喉が潤ってようやく、意識がはっきりとしてくる。

「ご気分はいかが？」

「誰」

硬い声でエルザが尋ねる。女はいっそう笑みを深くし、静かに腰を折って言った。

「ご挨拶が遅れました。わたくしはオリエッタ。オリエッタ・マクバーレン。聖騎士アン・デュークの妻ですの」

「聖騎士、の……？」

ゆっくりとエルザの脳内を回る、昨日出会った人々の記憶。金の髪の聖騎士、そして異形の四肢を持つ王子――。

「そう。あなたの世話と、話し相手にと、クローディアス王子から頼まれました。

「……エルザ・ヴィオンティーヌ？　ヴィオンティーヌと呼ばれるのはお嫌い？」

オリエッタの問いかけに、エルザは顔を歪めた。

「嫌いもなにも、あたしはそんな名前じゃない」

「では、エルザ」

歪んだ顔を直すように、オリエッタは白く長い指でエルザの頬を挟んだ。なめらかで、温度の低い手だった。

ふわりと花のかおりがした。

「侍女達を呼びます。まず髪に櫛を通し、身なりを整えましょう。今日の夕刻には国王との謁見も予定されています。それまでにいくつか覚えてもらう作法があるわ」

「——さわるな！」

その手を振り払い、ベッドから足を下ろしながら言う。

「あたし、帰る」

「どこへ？」

オリエッタの問いかけに熱はなかった。その冷たさが、余計にエルザの胸を打つ。

(帰る、なんて)

言うんじゃなかった、間違えたとエルザは思うが、振り切るように叫んだ。

「どこへだっていいでしょ！　あたしはここから逃げるんだ！」

「ひとりで国の外へ行くのは危ないわ。あなたは身体も弱いというし……」

その言い方に、きっとエルザは視線の力を強めた。

「あんた達はなんでそうやって気取った言い方をするの!?　危険だから？　違うでしょうよ！　あたしが逃げたら、あんた達が困るんだ。でもそんなこと、あたしの知ったことじゃない！」

威嚇するように声を荒らげ、赤い瞳を光らせて言うエルザを、オリエッタは静かな、夜のような瞳で見つめた。

「……あなたには、帰るところがおありなの？」

ことさら澄んだ声で、オリエッタは尋ねる。

「ここ以外に、生きたい場所が、おありなら。ためらってはならないわ」

その言い方に、エルザはたじろいで顎を引いた。おかしな問い方だと思った。

まるで、帰る場所があるのなら、そこへ行ってもいいと言うような。

(帰る、ところ)

どこに帰る？　あの、ヴィオンの貧しい下町か？　そこでまた、道端でその日暮らしをするのか。それでも構わない。構わないが、もう二度と、占者達に好きなように扱われるのは我慢ならない、あの牢獄の日々はまっぴらだとエルザははっきり思った。

そのためには、あんな国には戻らない方がいいに決まっている。じゃあ、それなら、自分はどこに行くのか？

エルザの指が、胸元の星石を握る。

「……あんた達に、関係ない」

そして、自らをふるい立たせるような強い声で言った。

「あたしが、城の外では生きていけないか弱い姫だと思ったら大間違いだ。どこでだって生きていってやる。物乞いでも、かっぱらいでも、なんだってやってやる。口先だけだと思うな、あたしはそうやって生きてきたんだ!!」

エルザの叫びに、オリエッタが眉を寄せるが、エルザの言葉は止まらない。何ヶ月も、こうして憎しみを叫ぶ自由さえ与えられなかった。その分まで、吐き捨ててしまうようにエルザはまくしたてた。

「身体が弱い？　どいつがどの口で、そんなことを言った？　どうせまた、ヴィオンのペテンどもでしょう」

は、と引きつるようにエルザは笑う。乱れた髪をかき上げて。

「あたしの身体の一体なにを知ってるの？　生まれてすぐに、星と神の運命において、あたしを下町に捨てたのに？」

屈辱がよみがえる。空腹を抱えて、他人の慈悲にすがり、ささいな罪を犯しながら生きてきた日々と、そしてそれらをすべて砕いた、占者達の暴虐が。

次々浮かび上がるそれらの記憶に、エルザは暗い笑みを強くした。

「お似合いかもね」

だらりと腕を下ろし、暗く笑いながらも目だけは燃やして、エルザは続ける。

「言ってやりなよ。平和呆けした、この国のすべての人間に。呪われた王子に嫁いで来たのは、やっぱり呪われた姫君だった、ってね。呪われた国同士の結婚よ。見ていればいい、あたしをこの国の妃《きさき》にするなら、全部をめちゃくちゃにしてやるから。あたしの命ある限り、ヴィオンとこの国を、呪い続けてやる!!」

オリエッタが、一歩踏み出す。

「エルザ」

細く小さな姫君を見下ろし、やはり澄んだ声色で、囁くように告げた。

「あなたがどれほど生まれを憎んでも、その生き方を与えた誰かを恨んでも、あなたがあなたを、厭うてはならないわ」

その言葉を、エルザは理解が出来なかった。まるで外つ国の言葉のようだった。それでも、満ちたいたわりだけは伝わり、それはなにより、彼女の心を逆なでした。

「ええ、ええ、あんたもまるで聖母みたいね！　なにからなにまで、わかったような優しい顔で、そんなあんた達の傲慢が、なにより一番許せないんだッ!!」

どいつもこいつも皆一緒だと思った。現聖騎士の妻といえば、聖剣を守る巫女のことだとエルザは記憶の糸をたどる。巫女となれば、魔導の者だろうと容易に想像が出来た。尊厳などなく自分を扱った、あの占者達と同じだ。

（絶対に、思う通りになど、ならない）

歯がきしむほど奥歯に強く力をこめ、エルザは星石を握りしめた胸に炎を燃やす。臆することなどない。今の自分には、声も言葉もあるのだから。

そのままオリエッタを振り切り、荷物を持って出ていこうとするエルザの腕を、オリエッタがつかんだ。

「どこに行くの？　あなた、全部をめちゃくちゃにするのではなかったの？」

その手は、意外なほど強かった。肌を粟立てにらむように振り返ったエルザの視線を、オリエッタは真っ向から受けた。

そして微笑んで、言った。

「どうぞ、呪ってごらんなさい。あなたがどれほど強い呪いの姫君でも」

のぞむところ、と、彼女は笑った。その顔は、笑んでいるのに、どこか壮絶だった。

「呪いさえも力に変えるわ。わたくし達の国と王子は、そうして生きてきたのよ」

その傲慢とさえとれる笑みを、エルザは迎えうつようににらみつけた。

時刻を告げる鐘の音。それを受け、王座に座したレッドアーク国王は、側近を下がらせた。

先に現れたのは奥に控えていた王子クローディアスと聖騎士アン・デューク。王子は王の傍らに立ち、騎士は絨毯《じゅうたん》の端にたたずんだ。

中央の扉が開き、剣の巫女に連れられ、現れるはずの異国の姫君は。

「いやだって言ってるでしょう!!」

確かに現れこそしたが、ひどい有様《ありさま》だった。髪は乱れてなぜか片方の靴がない。しっかりと手首をつかんだオリエッタに噛みつくように、赤い瞳を光らせ叫んだ。

「離してよこの年増の魔女!!　処女の生き血をすするのが目的なら、とっととその醜い正体現して、魔女の国へと帰るがいいわ!!」

素晴らしくよく通る声であるのに、否、あるからこそ、その口から発せられる悪言は強烈だった。

「……」

アン・デュークは目元を覆って、その惨状に意を表し。

「……」

クローディアスは小さくため息をついて、叫び続けるエルザに声をかけた。

「エルザ」

それまで周りを見向きもしなかったエルザが、クローディアスに呼ばれ、一瞬口を閉じた。クローディアスの言葉は短く、鋭い。

「王の前だ」

「だから？」

エルザは吐き捨て、高さの合わない足を開いて立ち、レッドアーク国王に向き直る。

「あんたがこの国の王様？　ごきげんよう！　どう、これで満足？」

はじめて見る、レッドアーク国王は、灰色の髪を後ろになでつけ、やはり灰色の目を動かして、エルザを見た。

クローディアスの父というが、似ていない。どこか麗人を彷彿《ほうふつ》とさせるクローディアスに対し、国王は武人のように厳しい顔つきだった。

長く国を統べる彼の表情は渋面であるが、それはエルザに対してだけではないのだろうと思われた。

　エルザは自然、顎を引く。もう、オリエッタの手は離れていたが、その場から立ち去ろうとは思わなかった。……正しくは、出来なかった。怖じ気づいたように、エルザの喉が鳴る。

　生まれてはじめて見る王だった。そう、おかしな話だとエルザは思った。姫君として生まれたのに、はじめて対する王が、輿入れ先の、他国の王であるなんて。

　玉座の王が、その重い口を開く。

「輿入れをしに来たヴィオンティーヌは」

　岩の動くように低い、割れた声だった。

「言葉をなくした、と聞いていたが」

　エルザは両のこぶしを強く固める。手のひらに汗をかき、肩が震えた。それでも王をにらみ、引きつるように笑ってみせた。

「馬鹿よね。あんた達もあのペテンにだまされたのよ。あたしは言葉をなくしたわけじゃない。あの占い狂い達に、奪われていただけ」

　自分の声の反響を聞けば、誰よりも自分が鼓舞された。己の迷いと怖れを振り切るように、エルザは吐き散らす。

「まだ、あたしを、哀れで不幸な言無姫だと思っている？　笑わせてくれるわね。あたしが祖国でなんと呼ばれていたか教えてあげる。捨て子のエルザ、そうでなければ、ヴィオンの毒吐姫!!　ええそう、あたしがこの口から吐くのは毒と呪いばかり！　だから、生まれてすぐに下町に捨てられ、今度はこの国へ捨てられたの。おあいにくさま！　レッドアークは、ヴィオンにとってゴミ溜《だ》めも同じよ！」

灰髪の王はその叫びに、眉ひとつ動かさず、しばらく黙したあとに言った。

「……そなたの母はどうした。ヴィオンは長く、討議会が二つに分かれていると聞くが」

ハッ、とエルザが嘲笑を上げる。引きつるような、暗い笑いだった。

「政治のことをあたしに聞こうとしても無駄よ。あたしは学無しだから。ましてや母が誰かなんてね！　あんた達王族様はすぐにそう言うわ。親は誰か血は何色か！　出来のいい人間から無能は生まれないと思ってる？　もっとも」

その顎で王を、そして隣に立つ王子をさして。

「愚鈍からは愚鈍しか生まれないでしょうけどね」

灰髪の王は、疲れたように目を閉じた。

「……もうよい。下がれ」

その諦めたような、けれど寛大な処遇は、エルザにとっては屈辱でしかなかった。

「下がるだけでいいの？　いつでも出ていってやるわ、こんな国！　磔《はりつけ》でも打ち首でものぞむところよ。あの占い狂いの国とまとめて、この国も、滅びの時まで呪い続けてやる!!」

けれど叫びは届かず、もう王はエルザを見ることさえしなかった。ただ、隣にたたずむ自分の息子に、目をやって。

「クローディアス」

「はい、父上」

呼ばれた王子は一歩踏み出す。その、身体の小さな息子に、王は短い言葉で尋ねた。

「お前からは、なにか言うことがあるか」

重い問いに、クローディアスは、場違いなほど晴れやかに笑った。

「祝いの言葉さえ賜ることが出来れば、望外の幸せ。彼女は間違いなく、僕が待ち焦がれた生涯の伴侶です」

エルザは食いしばった歯をきしませる。毒吐きの名にしては珍しく、なにも言わなかったが、その目は口よりも雄弁に、すべての滅びを叫んでいた。

その日、夕食のあとに出されたのは、カカオではなく紅茶だった。エルザは少し首を傾げ、そばにあった蜜とミルクを乱暴に混ぜる。

最初の晩から彼女の場所は変わらない。暖炉の前の椅子で足を抱えて、満腹で重い身体の息を整えた。

部屋に同席するのも変わらずクローディアスだけ。オリエッタと国王、そして自分の現状に対する罵詈《ばり》雑言は、晩餐においてすでに言い飽きた。どの言葉も、クローディアスには微笑みで流されてしまうのだから、消耗したのはエルザだけだった。

食事の作法については、侍女達に手を出されるのが面倒だから、エルザも少しだけ落ち着いた食べ方をした。

静かな夜、クローディアスはまた少し距離を開けて座り、しばらく黙ってエルザを見ていたが、やがて紋様もあざやかな両の手を腹の上で組み合わせて、ひとり言のように言った。

「君の国には二つの勢力があるはずだ」

エルザはカップをすする姿勢のまま顔を上げなかった。クローディアスも返事を期待していないだろうことはわかっていたが、エルザは口を開いていた。

「リス派とネズミ派でしょう」

ぽつりと、言った。

「え？」

驚いたように、クローディアスの眉が上がる。鼻を小さく鳴らすことでそれに答え、エルザは流れるように続ける。

「知ってるわ、それくらい。姫じゃなくって、下町の人間でもね！　酒の肴《さかな》で笑いぐさよ。長らく私腹を肥やしているハリス侯爵をはじめとしたリス貴族達と、下町ありのドブネズミ、ダダ宰相。お互いの権利と財産を食い合って、足の引っ張り合いが毎日のお仕事。王様にはこびへつらうばかり、ろくに政治も機能していないのは、有名な話よ」

知っていて答えなかったのは、あの灰髪の王がいけすかなかったせいだった。

今も、もちろんいけすかないが、クローディアスに、噂《うわさ》も知らぬような阿呆《あほう》だとは思われたくなかった。

もっとも、どんな噂を聞いても、エルザの母親が、複数いる王妃の中で一体誰だったのかはわからなかったし、わかりたいと思ったこともなかったけれど。

クローディアスは指を組んだまま、ゆっくりと椅子の上で身を乗り出す。

「占者はどちらについてるのか、わかる？」

「ほとんどがリス貴族達の子飼いね。ただ、最近代替わりを迎えた、占者の長老の娘がドブネズミの妻となって……」

流れるようにそこまで言って、ふとエルザは自分の発言が、記憶の扉のうち、どれかを叩いたような気がして口をつぐんだ。

(宰相閣下と、笑う、女——?)

そのまま記憶を掘り返そうとする前に、クローディアスが真剣な目でこちらを見ているのに気づく。エルザはむずがゆいような、それ以上に腹立たしいような気持ちになって、音を立ててカップを置いた。

「くだらないわ。あたしの国のことなんて聞いてなにが楽しいの」

髪を乱暴にかき上げ、言う、その言葉にクローディアスが小さく笑った。

「……ああ」

一体どんな風に受け取ったのか、クローディアスは慎重に、自分のカップを回しながら言う。

「聞いてもいいのかな。下町に捨てられたって——」

「そのままよ」

エルザは吐き捨てるように言い、そのことでなにかを振り切ったように、ようやく裸足の足を椅子からおろし、伸ばした。それから自分の膝に頬杖《ほおづえ》をついて、火の小さな暖炉に目を細めて、言う。

「あたしが生まれた時、星の神の託宣で、あたしは凶兆とされた。一応は預けられたと言われてるけど、その下町の老人もすぐに死んだわ。あたしは十にもなっていなかった」

口にした瞬間、濃い死のにおいが鼻についた気がした。そんなものは幻だとわかっている。誤魔化すように、エルザは指先で、首に下がる星石をなでた。

死者の記憶は心の一番奥、もう開くこともないであろう箱に、重たい蓋をして、しまってしまったけれど。

『喋るな』

顔も名前も、覚えてはいないのに、老人のその言葉は、エルザの胸の中に生きている。だからこそ、反発するように、エルザは口を開かずにはいられなかった。

「それから、ぼろ布を着て、崩れかけた家で、物乞いのように飢えて暮らしたわ。街の人間達とも折り合いが悪かった。どいつもこいつも、頭が悪くて気が短くて、あたしの味方をしてくれた奴らもいたけど――」

呟きながらも、ふとなつかしさが胸にこみ上げた。

いくつかの顔が、エルザの脳裏に浮かび、消える。

酒を交わし、下卑た笑いを上げる男達の前に立ち、貴族と占者、そして王族の腐りきった政治に毒を吐くのが、エルザの得意芸だった。虐げられた下町の人間は大いに盛り上がり、エルザに小銭を投げたものだ。

思い返してみれば、占者の占いどおり、まさしくエルザは毒吐きだったのだ。国を侮辱したことは、百や二百ではくだらない。

『お前はそうやって日銭を稼いでいればいいだろうがな』

ふと、脳裏に浮かんだ下町の記憶があった。酒の回った、ろれつの回りきらない口で言ったのはジョセフだった。

『そんなことで、城に戻ることになったらどうするんだ』

エルザは笑って返答した。嘲笑だった。

『酒にやられるのもいい加減にしなよ、ジョセフ。戻るってなによ。この毒吐姫を助けてくれる、王子様でも現れるっていうの？　ねぇ、腐りきったあの城の、どこに毒吐姫様の戻る場所があるって？』

ジョセフは酒場に雇われるだけあって、酒に強い男だった。そんな彼が、あんなに疲れたような醜態を晒したのは一度きりだ、とエルザは思う。

泥酔をしたジョセフは、硬く、重く、そして大きな手をエルザの頭の上に乗せて、一度だけ、尋ねた。

『あれば、戻るか』

やぁよ、と笑ったのはエルザだった。あたしはどうせ捨て子のエルザよ。なにを言っているのと早口でまくしたてた。

ここではないどこかを見るような目をして、彼が一体なにを思ってあんなことを言ったのかは、わからない。

エルザは酔ったジョセフに呆れ、嘲笑いながら、悔しさにこぶしを固めたことを覚えている。

覚えてもいない城に居場所を求めるくらいなら。

――あの下町でも、誰かのそばに、自分の居場所が欲しかったのに。

握った星石に力をこめた。詮のない自分の思いも、握りつぶしてしまうように。そしてエルザは振り切るように言い捨てる。

「くだらないクズばかりだったわ。あたしだって、クズのひとりよ」

もうなにもかも、どうしようもないことだった。

皆はどうしているだろうとエルザは考える。誰にもなにも言わずにさらわれ、あの町を、国を、出てしまった。

きっと生きているのだろう。エルザとは関係なく、勝手に、生きているだけだろう、と自分の中で答えを出す。

毒吐姫が異国へ嫁いだと噂になっているかもしれない。だからどうだと言われれば、あの捨て子も上手いことやったものだと、酒の席で肴にされるだけのこと。きっと自分が彼らの立場だったら、そうしたに違いないのだから。

黙ってしまったエルザの横顔をじっと見つめて、クローディアスはゆっくりとまぶたを下ろして、静かに問いかけた。

「――それで、君は、可哀想《かわいそう》な子だったのかな」

思いも寄らないその言葉に、エルザは顔を上げる。クローディアスは、問いかけの答えを求めているわけではないようで、どこかあらぬ遠くを見つめていた。

視線に気づいたクローディアスが焦点を合わせ、淡く微笑んだ。そして椅子に座り直し、慎重に口を開く。

「僕は、廃棄こそされなかったが」

語る瞳は、囁く声は、ひどくおだやかなものだった。

「生まれてから長く、民の目からは隠されていた」

エルザは口を開かず、強い目の力だけで、どういうことかと問いかける。

クローディアスは自分の手に手を重ねる。紋様の浮かぶ手。異形の四肢と呼ばれる、その両手を組み、自分が幽閉されていた理由を言った。

「僕が呪われた子供だったからだよ。母を殺して生まれ、またこの両手両足は、醜く変色して動かなかった」

鼻で笑うようにエルザが小さく息を吐き、「動いているじゃない」と呟いた。クローディアスは自分の腕を伸ばし、手を開きながら言った。

「これは、僕の力じゃないんだよ。正確には、動けと念じているのは僕だけれど、動かしているのは僕の筋力じゃない。夜の王の魔力なんだ」

エルザは注意深く、クローディアスの四肢を見つめながら、彼の言葉の真偽をはかった。彼の言葉がどこまで本当で、どこからが、詩人の伝承なのかと。

王国レッドアーク。この国のそばに広がる、暗く深き森には、怖ろしい魔物が住み着き、またその森を統べる魔王がいると言う。

人々は、畏怖をこめて、その魔王を『夜の王』と呼んだ。人を嫌ったはずの彼は、レッドアークの王子に、魔の祝福を授けたという。

彼の腕に異形の印があるから、そんな噂がたったのだろうと、エルザは考えていた。

けれど、クローディアスは自らの手をなぞりながら、噛みしめるように言った。

「君の聞いた伝承は美しかったかもしれない。……けれど、僕らは、本当の僕らは、愚かしかった」

歌に乗り、国境をも超えるその物語は、決しておとぎの詩ではないのだと。そしてそれを裏付けるように、エルザに笑みかけた。

「……エルザ、君の声も、この手に触れて戻っただろう？　夜の王の魔力は強い。人の魔術をはねのけてしまうほどにね」

エルザは無意識に、自分の喉に手をあてる。確かに、クローディアスの伸ばした手が、彼女の中のなにかに作用し、封じられた声を解放した。

「本当に、魔物の魔力で動いているっていうの……？」

蔑むように引きつった笑いで尋ねれば、うん、とクローディアスは軽く頷いた。

「だから、あまりこの国から離れると、僕の手足は動かなくなってしまう。本当ならば、君の輿入れが決まって、迎えに行きたかったんだけど」

すまなかったね、と言うクローディアスを、エルザはさぐるように見た。

夜の森の魔王、そしてそれにつながる一連の、『真昼姫』の物語は、ヴィオンにあってさえ伝え聞こえた、レッドアークに関する詩人の歌だ。

それは聖騎士の英雄譚《たん》とも、魔物の王から人の王子への、祝福の物語とも言われ、またある一方では、ひとりの姫君の起こした奇跡ともされる。

けれどそのどれもが、詩人の作り話だとエルザは思っていた。

「馬っ鹿馬鹿しい！　異形の王子に、夜の王、極めつけには、真昼姫まで出てくるってわけ？」

夜の森の真昼姫。それは魔王にとらわれながらも、その輝きだけで冷たく凍《い》てついた魔物の王の心を溶かしたという、まったく出来すぎたお姫様のことだった。

もしもそんなお姫様がいるのなら、それこそ化け物だろうとエルザは思う。

クローディアスは静かに笑い、試すように首を傾げた。

「だとしたら？」

吐き捨てるようにエルザは言う。

「じゃああんたは、あたしなんかじゃなくて、その真昼姫を妃にすればよかったじゃない！」

クローディアスは驚き、眉を上げた。

「ミィを——妻に？」

その響きは、物語の主役を語るものではない。もっと、既知をはっきりと思い浮かべて呟かれたものだった。歌の真偽はどうであれ、彼の胸に、『真昼姫』は生きている。それを裏付けるには十分過ぎた。

しかも、その上で、クローディアスは長く細いまつげをそっと伏せ、生真面目に、静かに言うのだ。

「この上、そんな恥知らずなことは言えないよ」

エルザには意味がわからない。クローディアスは遠くを見つめるような目をした。続く囁きは、独白に似ていた。

「彼女がもっと、別の道を選んでいたのなら。すべては変わっていたかもしれないけれど」

そして彼の目がエルザをとらえた。無意識に、エルザの肩が震え、胸をそらす。逃れられない緑の瞳で、はっきりと、彼は告げる。

「彼女は己の道を選んだ。同じく、僕も。……だから、君も、君の道を選ぶんだ」

優しい口調だった。やわらかく、オリエッタのようにいたわりに満ちていた。けれど、だからこそ、エルザには理解が出来なかった。理解をしたいとも、思わなかった。

あえぐようにため息をつくと、毛布から手を離し、立ち上がる。

黙って背を向ける。その背に。

「おやすみ、エルザ」

クローディアスが声をかけるが、エルザは答えず、寝所へと入っていく。

「…………」

重い扉を開けば、広い寝室。豊かさを取り戻しつつある月の光が、部屋に差し込んでいる。分厚く弾力のある絨毯。皺のない寝台、香油のかおる燭台。

満たされた飢餓。それでも、エルザは思う。

（ここは、あたしの部屋ではない）

この国は、自分のものじゃない。

首から下げた、星石を握りしめる。静まりかえった夜の空気を、胸に吸い込む。

「ここは、あたしの居場所じゃない」

口に出せば、胸に火がともる。

そうだ、なにをしている。もう、声も言葉も取り戻した。臆することはないのだと、エルザはまっすぐ顔を上げる。

夜がなんだ。魔物がなんだ。——自分とて、魔物だ。毒吐きの娘だ。

窓を開く。エルザの部屋は二階だった。けれど、窓の外には生い茂る豊かな庭木と、庭園がある。逃げられては困ると彼は言っていたのに、あまりに逃亡におあつらえ向きな部屋に、笑ってしまった。

ドレスを脱ぎ捨て、出来るだけ身軽な服をまとうと、髪をひとつにまとめ、靴を放り出す。

振り返ったのは、一度だけ。

誰もいない部屋に。姫君として迎えてくれた城に。国に。そのすべての人々に。そして。

「さよなら、王子様」

息を止め、エルザは窓枠に手をかける。


夜風はわずかに冷たく、肺に入ると胸がすくようだった。門番の交代の隙をついて、城の外へ出たエルザは、軽やかに駆けていく。

石畳を蹴る足の皮が幾度も痛んだが、それは自分が生きている痛みだとエルザは思った。木々の間を抜けてきた身体は擦り傷だらけだ。それもまたエルザの気持ちを高揚させた。自分の身体が戻ってきたようだった。

血が流れるのならいくらでも。汚れるのならば存分に。

もう誰にも、止めさせない。

「ざまぁみろ！」

こらえきれない笑みをこぼしながら、夜の道を駆け、エルザは言わずにはおれなかった。

「あたしは自由だ！」

どこにだって行ける。どこでだって生きていける。この声と言葉があれば。

「誰が可哀想だって？」

吐き捨てるように、笑う。花嫁に捨てられる王子様は、まったく可哀想だ。けれど、自分を妃にするよりも、幸福であるに違いない。そうだ、彼にはもっとふさわしい妻が、姫君がいるはずだ。

「は、は……」

馬車道を走りながら、半ば狂うように笑っていたエルザだが、胸元にやった手が空をかき、びくりと足を止めた。

「え？」

赤みがさしていた頬がさっと白く変わる。見開いた目で自身の胸元を見下ろし、何度もそこをかきむしる。

首に下がる銀の鎖を引きちぎるように外せば、その鎖に、あるべきものが——なかった。

瞬間頭に熱がのぼり、汗がにじんだ。

「っ！」

振り返り、来た道を凝視する。

「ない」

無意識に発した声は頼りないほど震えていた。

「ない……‼」

結んだ髪を振りながら、何度も辺りを見回した。けれど、それらしきものは見あたらない。

胸に下がっていたはずの緑の星石が、どこにもなかった。

心臓が早鐘を打ち、息を吸い込むことさえ不自由に感じる。服の前を握りしめて、エルザは首を振る。

落ち着けと自分に言い聞かせる。来た道をたどればあるはずだ。木から降りる時に引っかけでもしたのだろう。今取りに戻れば見つけられるのではないか。あおぐように城を見る。まだ、そう離れてはいなかった。けれど。

そうじゃない、と首を振る。ぎりりと奥歯を噛んだ。

そんな必要はないはずだ。

「あんなもの」

一歩ヴィオンを出てしまえば、なんの価値もない石だ。祖国においてさえ、金銭的な価値があるものではない。売り買いをされるものではないのだ。ひとりにひとつ、名を持つように、石を持っていただけ。

価値もない、力もない。

「いらない」

誰とはなしに、呟く声は震えていた。その震えがうとましかった。

自問する。どこへだって行くのだろう？　どこでだって生きていくのだろう？　なら、あんな石、自分から捨ててしまうべきだ。

あの石さえなければ。そうだ、あの石さえなければ、占者達に見つかることもなく、こんなところまで来なくてもよかったかもしれない。

「あんなもの、いらない……！」

呪いの石だ。捨ててしまうべきだ。走れ、振り返らずに。石を捨てて、名前も捨てて。そう思うのに。

エルザはそのましゃがみ込み、震えをこらえるように、爪が剝がれかけた自分のつま先を強く握りしめた。

ゆっくりと白みはじめた空の光を背に受けて、クローディアスは眠ることなく寝台に座っていた。

自分の部屋ではない。エルザの部屋だ。燭台の灯りも消えてしまった部屋で、脱ぎ捨てられたドレス、靴、わずかに荒れた部屋の床を見ながら、動くことなく人を呼ぶこともなくそこにいた。

開け放たれたままの窓の外から、木々の揺れる音。その音に、ゆっくりと、振り返る。

そして薄い色の目を細めた。

木の枝をつたい、窓枠を乗り越えて部屋に入ってきたエルザは、ひどく疲れた顔をしていた。まとめた髪はゆるみほつれ、その服も汚れている。手足の先は泥にまみれて、赤い瞳は、クローディアスからそらされるように下を向いている。

クローディアスが息を吐く。その音だけが、部屋の中に響いた。そして彼は立ち上がり、寝台に座るように促した。

エルザはのろのろと腰を下ろし、自分の膝に肘をつくと、汚れた手で自分の顔を覆うようにした。

「……窓から出入りするのは、ヴィオンの習慣？」

クローディアスがやわらかく尋ねる。答えはない。クローディアスはエルザの手に、銀の鎖が絡まっているのを見て、眉を寄せる。

「ネックレスを、どうしたの」

「……」

エルザは顔を覆ったまま、首を振る。クローディアスは小さく息をつき、素早く言った。

「探させよう、すぐに。どの道を？」

「いらない」

エルザの返答ははやかった。

「捨てたの」

かすれた声は拒絶だった。けれどクローディアスはそれを許さなかった。

「なら、そんなに大切に鎖を握っているのはなぜだ」

顔を覆うエルザの指が震え、爪を立てる。

クローディアスは扉を開けて出ていくと、すぐに戻ってきた。エルザは身動きひとつしない。クローディアスの手には水差しと、清潔な布が握られている。

そのままエルザの足元に膝をつくと、その細い足首に手を触れた。

「！」

エルザが驚き、はじめて手から顔を上げた。

クローディアスの細い髪、丸い頭、そのつむじが見える。

「しみるかもしれない」とクローディアスは囁き、濡らした布でエルザの足をぬぐった。その感触に、エルザは息を詰め、寝台のシーツを強く握る。

薄暗い光の中、血のにじんだ爪から泥をとるように、クローディアスは丁寧に指をかたどった。

エルザは歯を食いしばる。

自分に膝をつく彼を、汚れた足で蹴り飛ばしてやりたかった。けれど身体はあまりに重く、力が入らない。

丁寧な、優しさといたわりに満ちたその仕草。痛みはあった。羞恥もあった。けれどなにより、みじめだった。

あまりに、みじめで、泣いてしまいたくなった。

「聞かないの」

胸が詰まるのを振り切るように、厳しい声でエルザは言う。

「あたしがどこに行ってたのか、どこに行こうとしていたのか！」

「教えて欲しいよ」

対するクローディアスの声はどこまでもささやかだった。目を伏せ、ぽつりと呟いて、ゆっくりクローディアスは立ち上がった。

夜明けを間近に控えた光が、その横顔に降り注ぐ。まっすぐにエルザを見下ろし、クローディアスは真摯に言った。

「君がどこに行くのか。よければいつか、僕に教えてくれ」

エルザの顔が歪む。苦しさと、口惜《お》しさに。

その表情から目をそらしたことさえ、クローディアスの優しさだったのだろう。

「……君の石は必ず探すから」

そう告げ、部屋を出ていこうとするクローディアスに「待ちなさいよ！」とエルザは声を荒らげた。

「あんなものいらないって言ってるでしょう！　あんなものがなけりゃねぇ、あたしはこんなところにいなかった！　あたしがこんな生まれでなけりゃ、あんな石、あたしのものじゃなかった!!　あたしは占いなんて信じない！　星石なんてもういらない!!」

八つ当たりもひどい言葉だった。けれど言わずにはおれなかった。言わなければ、崩れてしまいそうだった。

こんなところで、たったひとりで、崩れてしまいたくはなかった。どこにも行けないと、わかってしまった今では。

クローディアスは足を止め、エルザに背を向けたまま言う。

「……あの石が、君の国でどんな役割を果たすのかは、僕にはわからない。ヴィオンの信仰も、僕にははかりしれないことだ」

振り返る。エルザがなくしてしまった石と、同じ色の瞳を細めて、静かに言った。

「けど、君のことは見てる」

エルザ、と呼びかける。その声はあまりに優しい。そう年が変わるわけでもないのに、小さな子供に言い聞かせるようだった。

「……君は、不安になった時には、必ずあの石を握っていたよ」

そして今度こそ、クローディアスは振り返らず、「おやすみ」ともう一度告げて、静かに部屋をあとにした。

残されたエルザは、綺麗《きれい》にぬぐわれた自分のつま先を飽きることなく見つめ、また両手で顔を覆うと、目を閉じる。

泣いてしまうだろうかと思ったのに、もう、すべては疲れ果てて。

涙さえも、出なかった。

第五章　ヴィオンの毒吐き

陶器と金属が触れ合う、耳に痛い音が部屋中に響いた。

「もう、まっぴらだって言ってるでしょう！」

テーブルを手のひらで叩き、叫んだのはエルザだった。

「あなたがまっぴらでも」

対峙《たいじ》するオリエッタは腕を組んで、息を吐きながら言う。

「こちらはそうはいかなくってよ」

傍目《はため》から見ればひどく美しい二人の言い争いを、侍女達は不安げな面持ちでのぞいていた。

エルザが訪れ、レッドアークで暮らしはじめてから、毎日がこんな様子だった。

レッドアークでの暮らしは、ヴィオンとは似て非なるものだった。レッドアーク特有の作法を教えるため、日々をエルザとともに過ごすのは剣の巫女であるオリエッタ。

その日も遅い朝食を彼女の前でとらされたエルザは、逐一はいるオリエッタからの作法の指示に、ついにナイフとフォークを、その食事ごと投げた。

「やってられないわ。どこまであんた達の都合に振り回されなくちゃいけないわけ⁉」

白いナプキンを丸めて椅子から立ち上がるエルザの前に、オリエッタが立つ。

「これは、あなたのためよ。ヴィオンティーヌ」

「あたしは姫じゃないって、何度言ったらわかるの⁉」

甲高い声で、エルザが叫ぶ。

オリエッタはそのおだやかな物腰とは裏腹に、厳しい教育者だった。エルザは彼女の叱咤を聞くたび、ヴィオンでの扱いを思い出し、激しく心がかき乱されるのだった。あの暮らしとはもう違うとわかっているけれど、それでも、記憶が消せるわけではない。

怒りに頬を染めたエルザは、オリエッタに嚙みつくように言った。

「あんた達の言う作法とやらが、ここでタダ飯をくらうためには必要だっての⁉　あそう、寝てるだけで食べ物に困らない人間は本当に馬鹿馬鹿しいことにばかり時間をかけるのがお好きね！」

「寝ているだけ？　そんな甘いこと、どなたが？」

エルザの悪言にひるむことなく、わざとらしく口元に手をあて、オリエッタが微笑む。

「あなたにはこれからこの国のすべての作法を習っていただきます。食事が終わったら、次はお勉強よ」

近くの棚に手を伸ばし、重い革張りの本を手にして。

「まずはこの国の歴史から。よろしくて？」

手渡された本の表紙を見て、エルザの顔が歪む。

「……っ!!」

床に叩きつけるようにそれを投げ捨て、奥歯を嚙みしめながら、うなる。

「…………めないわ」

いつもこのうえなくよく響くエルザの、詰まるような言葉に、オリエッタが顔をのぞき込むようにした。

エルザは顔を歪め、癇癪をおこしたように、叫ぶ。

「読めないし、書けないって言ったのよ！　字なんて!!」

オリエッタが一瞬、言葉を失い眉を上げる。その驚きがまたエルザの神経を逆なで、殺意にも似た憎悪を募らせる。

どれほどの教育も、叱咤も、この時ほどエルザの胸をやくことはなかった。彼女の驚きはあまりにもっともだ。

一国の王女が、字も読めないとは思いも寄らなかったのだろう。ヴィオンの占者達は、エルザに作法は教えたが、文字は教えなかった。

その理由は簡単だ。文字は言葉。それを通して、彼女が毒を吐くことを、懸念したのだ。

ぎりりとエルザは歯をきしませた。どうしてだろう、と思う。

飢えることのない食事。肌触りのよい服。あたたかな寝床。そんなものがすべてあるのに、あまりにもみじめだった。

「あたしは出ていく!!　どうせ、どうせお呼びじゃないのよ、こんなところ!!」

なによりこんなことを言わねばならない、自分自身がみじめだ。

エルザの手が、無意識に自身の胸元へと伸びる。けれどそこには、空の鎖があるだけ。エルザの星石は見つかっていなかった。

こんなところにいたくないのに、どこにも、行けなかった。

激高のまま叫ぶエルザの肩に、オリエッタの手が添えられる。

「――覚えていきましょう。大丈夫、遅くなんてないわ」

エルザはその手を苛立《いらだ》ちをこめて払いのけた。

「さわらないで!!」

すぅとエルザが息をする。胸がふくらみ、呼気が装填されるようだった。指を相手の胸を撃ち抜く形にしながら、エルザが言葉を放った。

「あんたはなんの権利があってあたしの世話をして、あたしに命令をするの!? あたしにさわらないで。剣の巫女!? 淫売の魔女じゃない! そうでなければ、わけのわからないもののために子種まで捨てた娼婦よ!!」

言葉の刃を磨き、斬りつける。オリエッタは優しい。美しい横顔、つややかな髪、やわらかな声、おだやかな物腰の淑女かもしれない。けれどこの女は魔女だと、エルザは思う。聖剣の巫女と呼ばれし彼女の本来の役割を、エルザは知っている。

巫女なる女は、聖剣とともに騎士に捧《ささ》げられる、供物のひとつに過ぎないという。それを裏付けるように、彼女には――子を授かる機能がないのだと。

「なにが仲むつまじい夫婦だっての、あんたは聖騎士にその身体を売ったんでしょう!! お幸せに、あたしの知らないところで身体を売り続ければいい! けれどあたしにも、食事の代わりに、身体を売れと言うのはやめて!!」

息も吐かせずまくしたてられるその言葉に、オリエッタは顔色を変えず、まぶたを伏せ、小さく首を振る。

「久しぶりに言われたわ。そんなこと」

囁きは吐息に近かったから、エルザは行き場をなくしたように、視線をさまよわせる。

「なによ。怒るなら、怒ればいいわ」

低いその声に、オリエッタはやわらかく笑った。そうして手のひらを広げ、歌うように告げる。

「どうして？　あなたは捨て子の毒吐き、わたくしは騎士の慰みもの。本当のことを言われて、どうして怒り狂わねばならないの？　人が生きていくのはその先のことで、人に愛されることも、人を愛することも、それを乗り越えてのことよ」

エルザには、その言葉が響かなかった。けれど、理解出来なかったことを安堵するように、息を吐き捨て、言う。

「まったく涙が出るような聖人君子の言葉ね！　それはあんた達が、飢えも凍えもしたことがないから言えることだわ」

床をにらみながらエルザは肩をすくめた。

「この国のあの馬鹿王子は、あたしみたいな妃でいいと言うわけ？　ああそれとも、あんな醜い手足だから、婚礼相手も見つからなかった？」

これまでどんな言葉にも動じなかったオリエッタが、はじめて表情を曇らせ、迷いを見せた。

「——……困ったわ」

自分の頬に、白く長い指をあて、誰ともなく、呟く。

「どんな風に言えば、あなたが傷つかないのか、わからない」

その言い方にエルザがまた罵倒の声を上げようとした、一瞬の隙をつくようにオリエッタは笑う。

「そうね」

不穏なほどにやわらかく、囁くようにオリエッタは呟いた。

「確かにディアは、飢えも凍えもしたことはないわ。でも、それがあなたに罵倒される理由になるわけでもない」

その言葉を、エルザは非難と受けとった。抗《あらが》うために口を開こうとしたが、それを止めるだけの力が、オリエッタの笑みにはあった。

「見に行きましょうか」

「は？」

エルザが耳を疑う。けれどオリエッタは拾い上げた本を書棚に戻し、軽やかに告げる。

「ディアの仕事を見に行きましょう？　作法も勉学もあとで構わないわ。あなたはもっと、ディアのことを知るべきよ」

「なにを言っているの？」

正気を疑い、吐き捨て、笑う。けれどオリエッタは歩み出し、エルザを振り返ると目を細めて微笑むだけだ。

「出ていくな、とは言わないわ。でもここで出ていくのなら、あなたは現実から逃げただけ。今までも、これからも、ずっとね」

そして背を向け、歩き出す。ついてくることを当然というように、オリエッタはもう振り返らない。その態度には心底腹が立ったが。

「誰が。――――誰が」

ぎりりと顔を歪ませて、エルザはその背を追うように、歩き出す。

仕事を知る、とオリエッタは言ったが、折り悪くクローディアスは執務室にはいなかった。彼の足取りを追ってみれば、出たのは王城の中庭。

木製の模擬刀を打ち合う音がしていた。騎士団の正装をした騎士が、クローディアスと向かい合っていた。

「あら、剣術の……」

オリエッタが拍子抜けしたような声を出す。それ以上言葉を紡がなくとも、彼女が鍛錬をあまり好んではいないのだろうということは容易に知れた。しかし、エルザは視線をまっすぐに伸ばし、口さえもつぐんで、ひたとその様子を見据える。

クローディアスが持っていたのは、踏めば折れそうなほど細い木剣だった。傍らにいくつか立てかけてあるものよりも突出して細く、鳴り響く音も高い。

声をかけながら、騎士が受け、また流す。剣を振るっているのに、その細い剣もあいまって、まるで舞踏のようだった。

「……」

腕を組んで、真剣にその打ち合いを見ていたエルザは、クローディアスと騎士が剣をさばき、礼をするのを見届け、突然動いた。

目の前の柵に手をかけ、身軽に飛び越える。

「エルザ！」

意表をつく動きに、オリエッタが、柵に手をつき身を乗り出した。

けれどエルザは止まらない。そのまま立てかけてあった木剣に手を伸ばすと、両手でつかみ、力任せに振りかぶった。

「え、エルザ⁉」

驚きの声を上げたのはクローディアスだ。目を見開いて反射的に木剣を受ける。これまでよりもにぶい音が鳴った。

闖入《ちんにゅう》に面食らったのは騎士達も同じだった。前触れもなく王子に向けて剣を振るうなど、反逆行為でしかないが、相手はドレスを着た少女。

しかも、他でもない、かの王子に輿入れしてきた相手ではないのか。

エルザは木剣をつかみながら間合いをとり、また力任せにクローディアスに振りかぶる。

「ッ」

クローディアスが、細い木剣の背に手を添え、受けた。

ピュウィ、と小さくすぼめたエルザの口から、品のない口笛の音。

「エルザ！」

オリエッタの制止の声も聞かず、にっとエルザは笑う。

「あたしもこれなら、得意なのよ!」

繰り出されるエルザの剣は、鍛えられてきたもののそれではない。技と呼べるほどの繊細さもなかった。彼女に目をかけた男から習った、喧嘩《けんか》のやり方だった。刃の向きでさえ気にしないのだから、棒術に近い。

「ああもう、めちゃくちゃだ!」

力任せに押しにかかるエルザにクローディアスが業を煮やし、一声そう言うと、エルザの切っ先をひらりとかわし、細い木剣でエルザの剣を根本から叩いた。

「うわ!」

勢いあまったエルザが、中庭の地につんのめって片手をつき、そのまま地面に尻餅をついた。

はぁ、とクローディアスが困ったようなため息をついて、座り込んだエルザに向き直ろうとする。

「エルザ、君は――」

「っ!」

けれど次の瞬間、エルザが地面の砂をつかみ、クローディアスの目元めがけて、投げつける。

「！」

突然のことにクローディアスが目を閉じた。その隙をついて、エルザの剣が、クローディアスの首もとに突きつけられた。

「……」

砂をかぶった上に、剣を突きつけられたクローディアスは、どうしたものかとエルザを見下ろす。

対するエルザは木剣を捨て、座り込んだまま手を叩いた。

「やった！」

そしてぐっとこぶしを固めて、笑う。

「あたしの勝ちね！　お坊ちゃんだから、そんなおもちゃみたいな剣しか振り回せないのよ！」

そう言って、不作法に指を突きつけてくるエルザに、クローディアスはやはり優美な動作で剣を下ろし、細い息をついた。

「エルザ」

小さな呼びかけには、怒りも困惑もにじんではいなかったが、それでも少し、嘆願するような響きがあった。首をゆっくりと横に振り、クローディアスが手を伸ばす。

「君は剣を持つべきじゃない。それは、君の仕事じゃない。わかるかい？」

エルザは地に腰を下ろしたまま、思わず眉をきつく寄せた。

意味がわからない、と表情で告げ、砂に汚れた手で、伸ばされたクローディアスの手を拒んだ。ひとり、細い足を曲げて乱暴な仕草で立ち上がるエルザに、クローディアスは小さく微笑んだ。

「けど、よかった」

なにが、と顔を上げたエルザが尋ねる前に、クローディアスの言葉がすべり込む。

「君の笑う顔が見れた」

その小さな、おだやかな、嘘《うそ》のない響きに、エルザは糸が切れたように呆然とした。怒りや、腹立たしさ、馬鹿馬鹿しさに、嘲笑、そのどれもを感じ、混沌《こんとん》に呑まれて、一体どんな顔をすればいいのか、わからなかったのだ。

エルザが言葉を探す間に、クローディアスのもとに駆け寄ってきた城の人間が、王子に囁く。

「クローディアス様。午後に予定しておりましたオルデルタ侯がどうしても、面会をはやめよと……」

「わかった。すぐに行くと侯に伝えてくれ」

クローディアスは頷くと同時に身を翻していた。そのまま、エルザに挨拶はなく、振り返ることもなく城の中に入っていく。

「ふんっ……」

ぐい、っと汚れた手で顔をぬぐおうとして、手首をつかまれた。

「派手にやったわね」

間近にあったのは、ため息をつくオリエッタの顔。「離して」とエルザが身をよじる。

「騎士団の方々が面食らっているわ。少しはお控えなさい。まずはじっとして黙っていることから教えねばならないのかしら」

絹のハンカチでエルザの手を丁寧にぬぐう、その感触が居心地悪く、エルザは癇癪をおこしたように振り払った。

「さわるなって言ってるでしょう！　あたしはどうせ生まれた時から見せ物だわ！　望まれもしないのに晒しものになって、その上お人形みたいに笑えというの⁉」

「そうよ」

オリエッタの答えは、水のように冷たかった。

「そうよ。わからないの？　それさえも教えられなかったの？　わたくし達は笑うことが、第一の仕事だと」

黒い瞳は静かに凪《な》いで、エルザを見つめている。わたくし達、と彼女は言った。エルザだけではない。剣と添い遂げることを定められた巫女が、星に生き方を決められた姫君を。軽蔑するでもなく、嘲笑うでもなく。

だからこそエルザは言葉を失った。当然だと言う、彼女の言葉は、口先だけではなく、経験に基づくものだと、強く感じられたから。

けれどその困惑も一瞬のこと。オリエッタはすぐに笑みを戻すと、「さぁ次よ」とエルザの手をとった。

「オルデルタ候はレッドアークの北東区を任された領主よ。その血筋も王族から分かれたもの。今後はあなたとも顔を合わせることがあるでしょう。話の中身はわからなくてもいいわ。同席しましょう」

「い……！」

エルザが歯を剥き出しにするが、今度はオリエッタは手を離さなかった。

「あれもいや。これもいや。あなたも詩人にうたわれるほどの毒吐きなら、もう少し説得力のある駄々をこねることね」

ごきげんよう、と騎士団に美しく告げ、剣の巫女は毒吐姫の手をつかみ、中庭をあとにする。

クローディアスの執務室。その部屋で行われていた会談は、決して穏和なものではなかった。

「何度申せばおわかりいただけるのかね、クローディアス王子よ！」

北東区を任された領主であるというオルデルタは、面長で神経質な顔つきの初老の男だった。薄い色をした髪だけが、レッドアーク国王やクローディアスとの血筋をうかがわせている。

落ちくぼんだ目を血走らせ、エルザやオリエッタが部屋に入ったことさえ気づかない様子で、ソファに腰掛け、向かいに座るクローディアスに嚙みつく。

「わたしは貴方ではなく、王に会わせよと言っているのだ！　ダンテス王は高齢、しかも病を患っているというのであれば、代行を立てることも道理ではないか。わたしならばその役目、不足なく果たしてみせよう――」

自分が国を統べることがどれほどの有益であるのか、ただひたすらにオルデルタはまくしたてた。エルザにはそれらの言葉の意味は右から左へすべっていくが、それでも脳をやすりでなぞられるような不快感に、顔の片側だけを盛大に歪めた。

真っ向から受けるクローディアスはゆるく目を伏せているが、決して臆することなく静かに答える。

「何度おっしゃられても答えは同じだ。王へは僕から伝えよう」

オルデルタがぎりりと歯を噛む音が、エルザにまで聞こえてくるようだった。

「すでに王者を気取るか、魔王子が」

絞り出す、オルデルタの声は、枯れ葉を握るような声音だった。怒りで顔を白くしながら、クローディアスを睨めつけ、言う。

「貴様のような生まれ損ないになにが務まる！　その手と足がどれほど穢《けが》らわしいものであるか！　本来であればあの北の塔で一生を終えるべきであったものを、のうのうと出てきおって、王家の恥と——……」

「恥？　恥を晒しているのはどっち？」

部屋に突然響いた声は、晴れた日に鳴り響く鐘のように鮮烈だった。

「——エルザ」

視線を動かさず、低く名を呼んだのは、クローディアス。オリエッタはちらりとエルザを見たが、影のように立ち、エルザを止めることはなかった。

驚きに振り返るオルデルタを横目に、エルザは大股でクローディアスの椅子まで歩くと、その肘置きに腰をかけ、細い足を組んで目を細めた。そして、打てば響く瑞々しい声で、言い放つ。

「あんたがどれだけこの国の王様を無能だと思っているのかは知らないけれど、少なくともあたしが会った王様は、あんたに代行を頼んで喜ぶほど弱ってはいなかったと思うわ。身体も、それから頭もね！　どれだけ偉くて、どんな立場ならこの王子にそんな命令を下せるの？　この国では、年をくってる奴から偉いことになってるのかしら！　ねぇおじさま、学のないあたしにもわかるように教えてよ」

エルザにしてみれば挨拶のような軽い言葉だったが、オルデルタは顔をみるみる真っ赤にすると、嗄《か》れた声で叫んだ。

「何者だ、貴様！」

立ち上がったのはクローディアスだった。

「紹介しよう。彼女はエルザ・ヴィオンティーヌ。まだ正式な式典は開いていないが、僕の妻となる女性だ」

クローディアスの言葉に、オルデルタが細い目を見開く。そしてわなわなと震えながら、エルザに向けてつばを吐く勢いでまくしたてた。

「ヴィオンの……そうか、貴様が！　貴様がヴィオンの毒吐きだな!!　わたしがなにも知らぬと思うなよ。おかしな婚姻だと思ったのだ。ヴィオンの姫君だと？　下賤《げせん》にまみれ呪いの言葉ばかりを吐く忌み姫め。貴様はこの国の騎士団と魔術師団を頼るヴィオンの占者どもの――」

「候」

遮る言葉は、低かった。これまで聞いてきた、どんなクローディアスの声よりも、深く、重く、そして厳しかった。

自ら生え抜きの悪言をもって迎えうつつもりでいたエルザは、突然のその声に不意をつかれ、クローディアスを見やる。

クローディアスはゆっくりと座り直した。エルザが腰かけたのとは反対の肘置きに身体を預け、やはりおだやかな顔でオルデルタを見た。けれど薄い色をした目は鋭く、声は、父である灰髪の王のように、静かでありながら苛烈だった。

「僕は確かに至らない王子だ。この四肢の醜さを蔑むことも自由だろう。……けれど、僕の妻となる人を侮辱する正当な理由と、その資格があるというなら、ここで述べたまえ」

指先まで紋様の入った手を広げ、クローディアスは尋ねる。その声に気圧《けお》され、オルデルタは額に汗を浮かべた。

「わ、わたしは、この国を思えば、こそ……」

その声は明らかにうろたえを示していた。動揺とともににじむのは、困惑と、怯えだった。クローディアスが動く四肢を手に入れてから、長くこの王子を見ていたが、ここまではっきりと非難されたことはなかった。いつもただ、王の威光に隠れているだけの、弱い子供だと思っていた。

けれど彼は今、ためらいも怖れもなく、オルデルタに告げた。

「僕はこの国の王となる。彼女はこの国の母となる人だ。彼女を侮辱することは国を侮辱することではないのか？」

声を失うオルデルタに、「口は慎むべきではないか、候よ」とクローディアスが追い打ちをかける。

付け足すように低く小さな声で、囁いた。

「貴方の母上が領主へ輿入れした際には、一体どれほどの人間を罷免したのか。実子である貴方が、知らぬはずがないだろう」

その言葉は、はっきりとした脅しだった。オルデルタはうなるように息を吸い、吐き、それから身を翻すと、「失礼する！」と吐き捨て、大股で部屋をあとにする。オリエッタの隣をすり抜ける瞬間、

「………四肢の次は、頭までおかしくなったか」

そんな呟きが聞こえ、エルザが眉をつり上げ身を乗り出したが。

「エルザ、すまない。不愉快な思いをさせたね」

有無を言わさぬように、やわらかなクローディアスの言葉がすべり込む方が先だった。エルザは髪を振り乱して振り返り、クローディアスに嚙みつくように言った。

「あたしのことなんてねぇどうでもいいのよ!! あいつの言っていたことは本当のことだ！ でもねぇ、馬鹿王子のあんたは、あたしだけじゃない、あんな失礼な奴にも言われるままにしておくつもりなの!?」

オルデルタに対するよりも強くまくしたてられたクローディアスは、目元をやわらかくゆるめると、淡く囁くように言った。

「いいんだ」

薄い色をしたまつげを伏せ、自分の言葉を噛みしめるように、言う。

「大したことじゃない」

そしてうつむくと、ゆっくりとこぶしをつくった。自分の手が、指が動くことを確かめるように。そして言う。なつかしむように、いとおしむように。

「あの、手足の動かなかった日々が」

彼が執務室から望む、北の搭。

そこで暮らし、生まれてから長くの、世界を呪った日々が。

「今、僕に勇気を与えてくれる」

そっと目を閉じる、彼の横顔は美しかった。苦しみともがきを、喜びに変えるようだった。

それに反し、エルザは顔を歪める。

知らないし、わからない、と思う。同時に、自分がそのことについてなにも考えていなかったことに、気づく。

自分の過去は、何度だって思い返してきたけれど。

四肢が動かないとは、どういうことだろう。それでも王子であったから、彼はずっとめぐまれ、幸せであったのか。本当に？　あの侯爵のような王家に近しい人間にまで、穢らわしいと言われて、人の目からは隠されて？

その日々は、忘れられるようなものなのか。

そして、乗り越えられるような、ものなのか。

エルザの惑いを知ってか知らずか、振り返ったクローディアスは、にっこりと笑んでオリエッタに尋ねる。

「今日は、僕の生活を見学かい？」

「よくわかったわね」

答えるオリエッタはやわらかく笑う。

クローディアスは一時陽の高さを確認し、「なんだか恥ずかしいな」と本気とも冗談ともつかない軽い調子で言った。

「会談もあまり実のあるものにはならなかったし、今日の予定は……そうだ」

振り返り、言う。

「これから、少し、個人的な仕事をしたいんだ」

やわらかな言葉はけれど、有無を言わさぬ強さがあった。

「じきにアンディもここに来る」

今日はこんなにいい天気だから。そんなささいな理由を口にして。

「街に下りておいで」

そんな風に笑って、クローディアスはおだやかに、執務室からエルザを追い出した。

オリエッタは手慣れた手つきで、エルザの髪をまとめて旅の装束を着せた。旅の少年のような、身軽な服装だ。

そうして現れた聖騎士に手を引かれ、馬車に乗り、城下に下りる。

向かったのは、レッドアークの市場だった。通りには所狭しと店が並び、人が行き交っている。耳をすませば、聞いたこともないような異国の言葉も混じっていた。

入国の際にも目にした光景だったが、花馬車から下りて自分の足で立つと、印象がまったく違った。

アン・デュークに背中を押され、エルザはきょろきょろと視線を巡らす。

活気にあふれる市場の空気は、似ても似つかないのに、エルザはヴィオンの下町を思い浮かべた。もっと乾いた空気に、雑多な喧噪《けんそう》を。

「坊ちゃん！　いいや、お嬢さんかい？　花でもどうだい！」

目の前に差し出されたのは、白い花だった。

戸惑いながら無言で首を振って断ると、花の甘い、かおりがした。

長い髪を布でまとめた、長身の女とすれ違った。そうではないとわかっているのに、目で追ってしまう。

『いやだね、この子は。また顔を泥だらけにして、ねぇ』

長い煙管《キセル》の紫煙を揺らして、自分の顔をぬぐってくれた女のことを思い出す。足が悪く、少し引きずるように歩く。けれどそれがまた、不思議な色気となる女性だった。

看板娘というにはずいぶん枯れた、けれど美しい女は、酒場の娘のミザリーだった。

『いいのよ、どうせあたしは捨て子のエルザだもの』

『けど、人の前に出るんだろう。毒吐姫さん？』

傍らの花瓶の花を一輪、エルザの胸にさしてくれた。少ししおれてくすんだ花は、エルザによく似合いだった。決して押しつけがましくなく、突き放しながらも、遠巻きに、酒場に居場所を与えてくれた。

そんな彼女がジョセフと結婚をするのだと聞かされた時は、収まるところに収まったと合点もしたたし、もちろん腹立たしいような釈然としない気持ちも味わった。その不愉快さが、たとえば嫉妬であったとして、果たしてジョセフに向けられたものだったのかミザリーに向けられたものであったのか。

どちらにせよ、エルザは寄り添い合う二人に胸を焦がした。

それは、多分、あの二人も、エルザに心を寄せてくれたからなのだろう。

「こっちだよ」

エルザの手を引く、アン・デュークの手のひらには、貴公子然とした立ち姿とは似つかわしくないほど、硬いたこが出来ていた。それは、剣を握り続けた手だ。その感触に、また胸の奥が刺激され、脳裏に浮かぶ、ひとりの男。

『ねぇ、どうしてあたしの面倒を見るの？』

スープの器を挟んで向かい合った。はじめて会った時、ジョセフはまだ若い青年だった。下町にふらりとやってきて、腕っぷしをかわれて用心棒になった。

『うるせぇ。子供は黙って食ってりゃいいんだよ』

（子供じゃないわ）

子供なのは自分だけじゃない。それは、事実だった。食べるものも住むところもない、哀れな子供はたくさんいた。確かにジョセフはそれらの子供の面倒もよく見たが、その中でも、エルザのことに目をかけてくれた。

どういう理由なのか、わからなかった。

（ねぇ、どうしてよ）

何度もせがんで尋ねたけれど、納得出来る答えは得られなかった。

ねぇ、ねぇ。

馬鹿な子供だったと、エルザは思う。

——一体、なんと、答えて欲しかったんだろう。

思い出を振り切るように、エルザが首を振ると、「お腹《なか》が空いただろう？　ちょうどいい、あの店がある」とアン・デュークの声がした。

彼の視線の先には、人だかりの出来た小さな露店。果物を焼いているのだろう、甘いにおいが鼻孔をくすぐり、きゅうと胃袋が縮まるのがわかった。

「いいにおいがするだろう？　ミミズクも好きだったからな」

なつかしむようにアン・デュークが目を細めて言う、その言葉に、エルザは無意識のうちに呟いていた。

「……ミィ」

かすかな呟きだったのに、アン・デュークの耳に届いたのだろう。彼は振り返り、エルザに笑いかけた。

「そう、ディアはミィと呼んでいるね。ミミズクのことは、聞いた？」

「……どいつもこいつも、おとぎ話にめろめろってわけね」

吐き捨てるように言う、エルザの言葉にアン・デュークは笑う。

「おとぎ話、か。うん。信じられないだろうね。確かに、おとぎ話みたいな女の子だけれど、彼女は今も、僕達の、とびきり大切な子だよ」

アン・デュークは僕達と言った。その「達」が一体どこまでを指すのかはわからなかったが、行き場のない苛立ちにエルザは奥歯を噛む。

「みんなが大好きなお姫様ってわけ。じゃあ、あいつもそのお姫様と結婚したらよかったんだわ」

どうでもいいことだ、と思うのに、自分の言葉に必要以上の力を入れてしまうことに苛立った。占者達を呪ったように、馬鹿な奴らと、嘲り笑ってしまえればいいのに。

アン・デュークは目を細め、すっと遠くを見つめた。「ディアの奥さんに、か」と呟く、その声は過ぎてきた日々をいつくしむようだった。

深く息をつき、ゆっくりと、静かにアン・デュークが言う。

「どう言ったらいいだろう。ミミズクは特別なんだ。僕も好きだし、僕の奥方なんかもっと好きだ。まるで恋をするみたいに好きだ。……そう、ディアも」

小さく付け足された言葉が、エルザの胸を刺す。その痛みが一体なんなのか、エルザにはまだ、わからない。知っている痛みのような気もするし、その正体は、知ってはならない、確かめてはならないもののような気もする。

アン・デュークは優しく笑い、言葉を尽くして諭すように、言う。

「でもね、それは、ミミズクが一番好きな人がいるということを知っているからなんだよ。まっすぐそのひとりを見ている彼女が好きなんだ。そうして、僕らはミミズクのために祈りたいと思っている。彼女の幸福を祈りたい。小さなミミズクが、自分の選んだ場所で、好きな相手と、一番幸せになって欲しい」

彼女のために祈りたい。それが僕達の愛情だと、アン・デュークは言った。そんな愛情の形を、エルザは知らない。見たことも、聞いたこともない。もとより愛情などという腹のふくれないものを、欲しいと思ったことなんてない。

足を止め、俯《うつむ》いて、かすれた声でエルザは聞いた。

「その、真昼姫が好きになった相手って、どんな奴なの」

そいつはあの、お人好《ひとよ》しの王子様よりもいい相手なの。

エルザの心は聞こえなかっただろうが、アン・デュークはどこか複雑そうな顔をして、深いため息をついた。細めた目に、憧憬と畏怖をこめて。

「……とてつもなく美しいね。けど、とてつもなく怖ろしい」

感嘆のような呟きのあと、肩をひょいとすくめて。

「でも、そんなの関係ないんだな。たとえ、その相手が、どんな醜い姿をしていたとしても。弱く、愚かであったとしても。……ミミズクは彼を愛しただろうし、彼を選んだだろう」

エルザは目を細める。

それは、たとえば、運命のようなものだろうか。

アン・デュークの瞳は、なにも誤魔化すところのない、真摯なものだった。

「そして、ミミズクがいなければ、今のディアは絶対にいない。それは、断言できる」

肩に置かれる手を、振り払ってしまいたい。そんな衝動に駆られるのに、エルザは指の先ひとつ、動かすことは出来なかった。

アン・デュークの言葉がどこか遠く、歌のようにゆっくりと、エルザの胸に届く。

「君と結婚することは、確かにディアの、王子としての仕事だった。ディアは、今の国王の身体への負担も考慮し、この婚姻を半ば強引に進めた。……けど、君を愛することは、心に決めていたんだよ。順番こそ違うが、どうかお願いだ」

それはまるで、懇願のようだった。

「ディアと向き合ってくれ」

その言葉に、エルザの赤い瞳が揺れる。肩に触れる大きな手の感触に、戸惑うように、怖れるように。

(あたしは)

なぜ、ここにいて。

(あたしは)

どこに、行こうとしているのか。

市場を行き交う人々は、王子の婚礼を祝福してくれるだろうか。祝福される相手は誰だ？　聖騎士や人々が呼ぶ、姫君とは――。

それは、きっと、自分ではない。そう思いながら、エルザがきつく目を閉じ俯いた、その時だった。

「――ザ……！」

人混みの中、耳を打つ声に、顔を上げる。

「エルザ!!」

かき分け、こちらに向かってくる、大きな姿に、エルザは小さく首を振った。愚かしい幻覚に失望するのを避けた、自己防衛にも近い動きだった。けれどその幻は、エルザに駆け寄り、肩をつかんだ。

「エルザだろう!!」

旅装の外套の下にのぞく、栗色《くりいろ》の髪、精悍な顔。肩をつかむ、皮の硬い大きな手のひら。エルザは驚きのまま、呆然と呟いた。

「――ジョセフ」

かすかな声に、相手は笑みを深め、小さなエルザの肩を、強く抱きしめた。その身体からは、かぎなれたあの下町の酒場のにおいがした。そして、ヴィオン下町の用心棒、ジョセフは言う。

「そうだ、お前は、俺達の知ってる、毒吐きのエルザだ！」

エルザの顔がくしゃりと歪む。嘘でも幻でもいい。その名で呼ばれる粗末な自分こそが、他の誰でもない、自分自身だと、エルザは思った。

第六章　落城の夜

祖国の既知の人物との突然の再会に、アン・デュークは気を利かせたのか、距離を置いてくれた。

広場の噴水に腰をかけ、ジョセフはエルザに言う。

「元気そうだな」

下町の人間と会うのは、もう何ヶ月ぶりだった。最後の記憶は他愛のない世間話で、そのまま別れるだなんて思ってもいなかった。

ジョセフは変わらず大きな手をしていたが、その姿に少しばかりの違和感を覚えて、エルザは横顔を凝視する。

長く緊張を続けたように、少しこけた頬。そして彼を包む装束が上等なものだと気づいたのは、数拍の遅れがあってからだった。けれどより上等な服をまとうエルザは、追及する言葉を見つけられず、肩をすくめ、乾いた笑いを返す。

「そう見える？　これでも、いろいろあったのよ」

「ああ。けど、なにが変わったっていうんだ？　――安心した」

くしゃくしゃとジョセフはエルザの頭をなでた。「やめてよ」とエルザは誤魔化すような笑いで振り払う。もう、昔のように、短い髪ではないのだ。

「ジョセフだって、なんでここにいるのよ。ついにミザリーに捨てられちゃったの？」

彼が現れる、それが自分のためだとはエルザは思わなかった。彼は、ヴィオンに、ミザリーという美しい妻がいるのだ。彼らは似合いの連れ合いとなったはずだった。こんなところに、彼が来るべき理由はない。

「誰が捨てられるか。あいつもお前を心配している」

ジョセフはわざとらしい怒り顔をした。そうだろう、とエルザは思う。決して器用ではない男と、美しくも剛気な女。似合いの二人だった。

しばらく間を空け、ジョセフは手を組み合わせ、俯くように声をひそめて言った。

「……ここでの暮らしはどうだ」

問われ、エルザは俯いた。わずかに目を細めて、自分の手を見る。まるで他人のもののような白く美しい手は、なにも持たない手だ、と思った。

姫君としての生活。あたたかな食事。やわらかな寝床。それらがすべて与えられる、ここでの暮らしがどうかと問われれば。

「………夢みたい」

呟いたのは、嘘ではなかった。

額を指に押しつけて、かすれた声で小さく、言った。

「悪い、夢みたい」

夢が、幸福であればあるほど、目覚めた時にみじめな気持ちになることを、エルザはもう知っている。今いる場所は、自分のいるべき場所ではない。だから、悪い夢以上のなにものでもないと、エルザは思った。

その言葉に、ジョセフは頷いた。まるで、なにか大切なことを、決断するかのようだった。

「……どうにか城まで入り込む予定だったが、手間がはぶけた」

周りを気にするように、しばらく視線をさまよわせ、彼はエルザの耳に唇を寄せると囁いた。

「俺はヴィオンの——ダダ宰相の密使としてこの国に来たんだ」

「密使……？」

エルザの眉間に皺が寄る。その赤い瞳に、強い光の焦げ茶の目を合わせ、ジョセフは言う。

「ああ。……エルザ。お前をヴィオンに、連れ戻す」

強い口調で、ジョセフはそう言った。エルザが疑問の声を上げる前に、ジョセフは言葉を重ねる。

「まだ、無事でよかった。まだ婚礼の式典も終わっていないと、宰相にお伝え出来る。そうしたら、お前がすぐに戻って来られるよう、ダダ宰相が手を回してくださる。今度こそ本当に、ヴィオンを治める王の娘として、だ」

「なに、言って、あたしは……」

どうしてこんなことになったのかと、エルザは首を振る。

自分が、誰の手によって、この国に渡されたと——。

「占者の時代は終わる」

口にはされなかった、エルザの言葉を読んだように、ジョセフは言う。手を組んで、地面に視線を落とし、息を吐きながら言う。

「占のない、民のための民の議会を、ダダ宰相が築いてくれると、俺達に約束してくれた」

強い光を瞳に宿し、エルザの肩をつかんで、揺するようにして。

「そうすれば、お前も占いになんて翻弄されることはない。毒吐きだなんて汚名は捨てろ。嫁になんざ、行くことはない！　――戻って来い。お前の国だ。俺達の、国だ」

エルザにはわからなかった。ジョセフが一体なにを言っているのかわからなかったし、彼の立場も、自分の立場でさえもわからなかった。ましてや、国が変わる、などと。

ただ、ジョセフの言葉だけが、「戻れ」という甘美な響きだけが、彼女の胸に楔《くさび》のように残った。

戻る。帰る。自分には、帰る、場所が、ある？

震える指が自分の胸元をかいた。その指が触れるのは、空虚の鎖。視線を動かし、ジョセフの腰に下がる濃紺の星石を見て、自分にはない、と思う。

星の導きはもう、自分にはない。

星石さえも失った自分に、帰る国などあるのだろうか。そこには、居場所があるのか。大切に出来る、誰かがいるのか。

エルザは震える。ジョセフの手から伝わる熱。それを受けてもなお、どうしようもない戸惑い。

「……なん、で」

なぜ、ジョセフが、そんなことを。

エルザの問いに、ジョセフが寄越した答えは、あまりに簡潔だった。

「子供が生まれるんだ」

エルザが驚き、赤い瞳を見開く。

ジョセフはまっすぐに前を見て、言い放つ。

「生まれてくる子のためにも。俺は俺の子に、あんな理不尽な国を与えたくはない」

どこか熱に浮かされたような横顔を、まぶしいものでも見るかのように、エルザは瞳を揺らす。そして思った。

（あたしは、この人が好きだった）

好きか嫌いかと聞かれれば、それが答えだ。けれどその気持ちは恋情だったのか。生きていくことへの畏れや、自分を守ってくれそうなものへの媚びではなかったか。

わからない、今更、もうわからないけれど。

ジョセフの言葉を耳にとらえ、出会ってから何度も浮かび、打ち消し、忘れてきた、思いを、ようやく、形にすることが出来た。

――彼の娘として生まれていたら、どんなに幸福だっただろう。

家族になりたかった。仲間に、なりたかった。彼だけではない、優しくしてくれたすべての人々。あんな汚い下町でも、ともに生きた、誰かと。星石を捨て。生まれ直して。

かなわぬ願いとわかっていた。けれど、それでも、本当は。

ひとりぼっちの毒吐きでは、いたくなかった。

そして今、戻って来いと、彼は言うのだ。俺達の国だと。そしてそれは、エルザの帰る場所だと。

膝を強く打ち鳴らすように、ジョセフが立ち上がり、言う。

「迎えに来る」

太陽の光を背に、力強い声で。

「時が満ちれば、必ず」

大きな手で頭をなでて、最後には小さく、笑って。

「それまでここで耐えてくれ。……またな、エルザ」

広い背中を向け、足早に去っていく、その影を、エルザはまばたきもせずに見つめた。わななく唇が、声をもらす。

「迎えに」

それはうわごとのようだった。

「迎えに、来る……」

そして帰る、と彼は言った。仲間として、国に帰り、もう一度、やり直そう。

「あたしは、帰る……？」

震える手を、ゆっくりとこぶしの形にする。美しく磨かれた爪、この爪で、自分はどこに帰るのだろう。帰る場所があるのなら、ためらってはならないと。言ったのは一体、誰だっただろう。

言葉を失い呆然と座り込むエルザとは距離を置いて、噴水の陰にたたずんでいたアン・デュークは静かに呟く。

「貴族の議会に、下町上がりのドブネズミ、ダダ宰相、か……」

彼の目は厳しく、見えるはずもない未来をにらむようだった。

夢の中を歩くようにぼんやりとした足取りで、エルザはアン・デュークとともに城へと戻った。

ジョセフの言葉がぐるぐると頭の中を巡っていた。信じたわけではない。彼を頼ろうとも、エルザは思わなかった。

「エルザ」

出迎えるクローディアスはなにかよい事でもあったのか、ひどく明るい顔だった。駆け寄りなにかを言おうとする彼から、エルザは惑うように視線をそらした。その目を見ることが出来なかった。

「――エルザ？」

暗い彼女の表情に気づいたクローディアスは、言葉をつなごうとして、アン・デュークに肩をつかまれる。

晩餐を断り、エルザはひとり、部屋にこもり、寝台に寝転んで目をとじる。

（迎えに来る）

その言葉を、信じるわけでは決してない。けれど頭から、心から、その言葉を消すことが出来ない。

大きな寝台で、小さく膝を抱える。

どこにも行き場がなかった。腹を満たしてもまだ、飢えを感じる。それは、寂しさという飢えなのかもしれなかった。誰を、なにを、信じればいいのだろう。

星を見たい、とエルザは思う。

星の神がまだ、自分を導いてくれるなら。教えて欲しいと思った。自分は一体、どこに行くべきなのか。あれほど憎んだ星の導きなのに、すがりつこうとする心がある。

（けれどもう、あたしに星は降らない）

石さえなくした、自分には。

夜空の星を見失うように、暗澹たる時間が過ぎた。

国王が臥《ふ》せっているためか、それとももっと別の理由があるのか、婚礼の式典の予定はなかなか立たなかったが、いつになるのかと尋ねる気にもなれなかった。

ひとり、悩みふさぎ込むような暇は与えられなかった。日々のオリエッタの指導は多岐にわたった。字を覚えることはゆっくりと、知識の吸収はほぼ口頭で行われた。

オリエッタは厳しかったが、反抗さえしなければ、エルザの聡明さを誉めることの方が多かった。

巫女である彼女の教えは、国の歴史や魔術の系譜から、社交界での言葉づかいにまで及んだ。

「そんなことを、どうして、覚えなくちゃいけないの」

あたしはもう、口無しではないのに。抵抗なくも、うんざりとエルザが尋ねると、オリエッタは静かに答えた。

「あなたの言葉には力があるから」

夜の泉を連想させる、深い色の瞳で。

「いいこと。わたくし達は剣ではなく言葉を振るわなければならない。盾をかかげるように笑わなくてはならない」

オリエッタの教えは、決して形だけの、知識だけのものではなかった。彼女は自分の持つものを、教えるのではなく与えようとするかのように、静かにエルザにといた。

クローディアスが執務に追われている時は、王城での晩餐にも同席して、同じ食事をとった。豊かなレッドアークの、美味なる食事に、「胸焼けがしそう」と皮肉を言えば、オリエッタは笑った。

「いつか、わかるわ。こうして与えられる最上級の食事が、一体どんな意味をもっているのか」

解《げ》せない言葉に眉を寄せるエルザに、オリエッタは呟いた。

「小麦は命。ワインは血よ」

時にはそんな謎かけのような教えもあった。

クローディアスを我が子のように扱うオリエッタは、エルザを自分の娘とはしなかった。ともに生き、そして戦う、そのやり方をといて聞かせるように、言う。

「必要とあらば、どれほど毒を吐いても構わない。それはあなたの武器よ。だからこそ、磨かねばならないの。あなたの言葉で、誰かを動かし、人を救う、そのために」

エルザは自分の喉に触れる。

毒吐きと呼ばれたこの言葉が、届く相手が、どこかにいるのだろうか。

ヴィオンからの使いが来たのは、それから数週間が経《た》ってからだった。ジョセフが来たものと飛び出したエルザは、客室に座っていた人間の姿に、足を止めた。

客人は女だった。髪の長い、妙齢の女だ。エルザの知る下町の人間ではない。

「……婚礼を迎えるヴィオンティーヌに、星の祝福を捧げに参りました。人払いをお願いいたします」

そう聖騎士達に告げた女は、占者の装い。

「……」

じりりとエルザは後ろに下がった。赤い瞳が光を宿し、髪も逆立てんばかりだった。相手が身にまとう長衣は、忘れもしない、憎むべき占者と同じもの。

城の人間が下がり、二人きりになるまで、エルザは喉に針でも刺されたように、なにも言えず、動けなかった。

女が立ち上がる。エルザを迎えるように、両手を広げて。

「ヴィオンティーヌ。声が、戻られたのね。どうして戻ったのか……聞かせていただいてもいいかしら」

占者の女は、ひどくつやめいた声をしていた。

ふっとエルザの眉が寄る。冷たい牢獄の空気を思い出す。この声を、聞いたことがある――そう思ったのは、錯覚だろうか。

「あたしは、そんな、名前じゃない」

絞るように、うなるようにエルザが言う。いつ言葉によって襲いかかるか、その機をはかっているかのようでもあった。

「……なにをしに、きた」

「貴方を、迎えに」

その言葉に、エルザの瞳が燃える。かっと歯を剝き出して、叫ぶ。

「ふざけるな！　お前達が、あたしに一体なにを……!!」

しかし相手はひるむことなく、むしろエルザを飲み込むようにその顔を近づけ、言う。甘い薬草のかおりを、振りまきながら。

「石を、どこへ？」

なんの石のことかなど、確かめるまでもなかった。エルザはぎりりと歯を食いしばる。

「捨てたわ」

嘘だった。時間が空けば、今も探し続けている。けれどエルザは言った。ヴィオンの占者を前に、言わずにはおれなかった。

「あたしはもう、星の神なんて信じない」

女が、笑う。

どうして笑ったのか、その理由を、エルザは知らない。濡れたような妖艶な唇で、笑みの形をつくったまま、女は自分の名を告げた。

「わたくしはオリビア。わたくしが一体誰の妻か、ご存知ではないかしら」

その名前に、エルザが目を見開く。知らない名前ではなかった。占者オリビア。先代のヴィオン占者長の娘にして――ダダ宰相の、正妻。

ひらめくように浮かんだ、言葉。

『――この国の、行く末を、左右するお方ですもの』

そうだ、かつてエルザがつながれた、あの冷たい牢獄に、宰相と呼ばれた男とともに来ていた、女だ。

「これを」

オリビアの手が伸び、エルザの首にまわる。びくりとエルザの肩が震えた。彼女がエルザの首につけたのは、年代を感じさせるガラスの球体がついた、ネックレスだった。

星石の代わりをなすようなそれとともに、手の中に握られたのは、ガラスとそろいの紋様がついた、細身のナイフだった。

「明朝、ジョセフ・カールストンが貴方をお迎えにあがります。このナイフと、ネックレスを持って、お待ちになっていて」

ジョセフ、とエルザの震える唇が、知っている名前を乗せた。けれど女はエルザの知らない、ジョセフに続く名を述べた。

下町の人間に家名などあるはずもないと、心のどこかで思うのに、国が変わる、という彼の言葉が、何度も頭を巡る。

「……本当に、国、が」

あえぐように呟く、その声に、オリビアが笑う。

「そう」

耳に口づけるように。愛を囁くように。

「国が変わるのよ」

風のように訪れた女は、エルザにそう告げると、身を翻すようにすみやかに馬車を走らせ、ヴィオンへと戻っていった。


暖炉の前の椅子で丸くなり、エルザが眠っていることに気づいたのは、クローディアスが遅い夕食を終え、私室に戻って間もなくだった。

「エルザ？」

呼びかけても返事をしてくれないことはままあったが、無視をされたわけではないようだ。かすかな寝息がクローディアスの耳に届き、自然と笑みがこぼれた。

眠る顔を慎重にのぞき込むようにして、思いをはせる。

エルザの横顔を見ながらクローディアスが考えたのは、彼女にまつわる、大臣達の言葉。アン・デュークの言葉。オリエッタの言葉。そして、王の言葉。

クローディアスはレッドアークの王子として、彼女について、そして様々な未来についても、それぞれの答えを出さねばならないのに、こんな風に無防備な寝顔を見ると、どうしても思い出してしまうのは、森に住まう、はじめての友達のことだった。

それほど昔のことではないのに、もう遠くまで来たと感じられるのは、自分が大きく変わったからだろう。

ずいぶん昔に、好きだと思った。ずっと一緒にいたいと思った。

けれどクローディアスのはじめての友達は、ここではない場所を選んだ。

エルザは『彼女』と、似ても似つかない。似ている相手を伴侶に、と望んだことは一度たりともなかった。

妻をめとろうとしたのは、義務感だけではない。ただ、彼の父親は、伴侶を得てはじめて、真の王としての威厳を兼ね備えたと何度も聞かされた。

王妃を愛することが、国そのものを愛することに、つながったと。

だから、どんな相手であってもよかった。投げやりではなく、ひとつの覚悟だった。

自分と自分の国のためにここに来てくれた相手を、生涯の伴侶とし、愛することを、決めていた。

けれど今、迷い、ためらう心がある。

エルザの頰にかかった髪をどけようと、手を伸ばすが、触れることは出来なかった。

──もしも、君が。

寒いのか、エルザが身じろぎをする。

「……う……ん……」

彼女が普段ここでうずくまる夜、いつもつかんでいる毛布が見あたらなかった。クローディアスは首を振り、探そうとしたが、エルザの目元に赤い光が見えた。

「エルザ、起きた？」

宝玉のように赤い瞳が、今は暗い色をして、合わさりきらない焦点をさまよわせた。なぜだか、はじめての夜、薬で眠らせた時を思い出した。

「……エルザ？」

コォン、と静かに、なにかが響く音がした。クローディアスが眉を寄せる。わけもなく、ざわりと肌が粟立った。

エルザ、ともう一度、彼が名前を呼ぶ前に。

突然、エルザは目を覚ました。目を大きく見開き、間髪をいれず、立ち上がり。

「――!!」

どこから取り出したのか、ナイフを一閃。

その太刀筋は、間違いなく、クローディアスの首をめがけていた。

「エルザ！」

ギリギリで上体をそらしたクローディアスが、バランスを崩し、分厚い絨毯に座り込む。悲鳴さえ上げる間もなく、その身体に馬乗りになる、エルザ。

赤い瞳の焦点は、やはり、定まらない。

「エルザ!!」

叫びとともに、コォン、と再び、脳の裏に反響するような、音。感じた光は、エルザの瞳ではない。光源は両の手で振り上げられたナイフ。それから。

「ッ——!!」

クローディアスが手を伸ばしたのは、彼女の胸元。

そこで鳴り、光る。不気味なネックレスだった。

歯をきしませ、クローディアスが声をもらす。

「……僕を誰と思っている」

クローディアスの身体に馬乗りに、腕を振り上げたまま動きを止めたエルザに。否、その向こう、魔力のこもったガラス玉でつながる、国境を越えた誰かに。

紋様光る指先で、ガラス玉を握り、力をこめると、膨らみ過ぎた風船がはじけるように、球体が割れた。

きらきらと飛び散る破片の中で、クローディアスは言った。

「僕の妻に、手を出すな」

同時に、音を立て、ネックレスの金の鎖がはじけ飛ぶ。一瞬エルザの髪が浮き上がり、続いてクローディアスの胸元に、抜き身のナイフが、落ちた。

「……でぃあ……？」

腕を振り上げたままの姿で、乱れた髪で、光の戻った瞳で、エルザはかすかに、泣きそうな声でクローディアスを呼んだ。

助けを求めるように、震えた声で。

「大丈夫だ」

クローディアスが起き上がり、その頬に手を触れる。いつか、はじめて、出会った時のように。彼女の呪いを、解いた時のように。

いとおしむように。いつくしむように。

エルザの赤い瞳に、みるみる涙がたまる。けれど、彼女は涙を落とすことはなかった。ただ、腕を下ろし、呆然と言った。

「殺す、の？」

小さな子供のように、途方にくれた顔で。

「あたし、あんたを」

惑い震えた声で言うから、クローディアスは両手でエルザの頬をつかみ、出来うる限りの、優しい声で言った。

「わかってる。君の意思じゃない」

エルザの瞳孔が収縮する。痙攣するようにがくがくと身体が震えた。

記憶は鮮明だった。朦朧とした意識の中で、一体自分になにが起こり、そしてなにを、しようとしていたのか。

この手で、この、ナイフで。

「あたしは――殺そうと。殺せと。――あいつら」

彼女の目にはもう、涙はなかった。代わりにその瞳は、炎のごとく、きらめき燃えて。

エルザはクローディアスの紋様が浮かぶ手首をつかみ、あとが残るほど強く握る。

「……ねぇあたし、どこまで」

そして唇を震わせながら、血を吐くように言った。

「あたし、あいつらに、どこまで道具と思われているの？」

自分の身体を縛った、この感覚を知っている。自由を奪い、意のままに操る。それが誰の手か、どこからの魔術によるものか。

(殺せ)

自分がなにをしようとしたのか、エルザはわかっていた。彼女の頭に響いたのは、

『殺せ』という、二つの文字。

また、命ずるのか。また、縛るのか。仕方がない、間違いない、とそんなことを言って。国のために。未来のために。

星と神の運命において。

生まれてすぐに赤子である自分を捨て。

言葉を封じ、輿入れをさせ。

——そして、今度は、その手で、嫁いだ相手を殺せというのか。

「エルザ」

クローディアスが目を細め、いたわるように、名前を呼ぶ。

けれどエルザは、彼の手を振り払った。

「ぁああああああ!!」

突き飛ばし、座り込み、獣のように咆吼《ほうこう》を上げ。

「死ねばよかった!」

エルザは叫んだ。落ちたナイフを拾い上げ、自分へ突き刺そうとした。叫ぶだけでは足りなかった。激情を示すことが出来れば、なんでもよかった。座り込んだ自分の白い足、そこにめがけ、刃を振り上げて。

「エルザ！」

クローディアスの手が、その抜き身の刃をつかむ。彼を振り切るように首を振り、錯乱したまま、エルザは叫んだ。

「こんなことなら、生まれた時に死ねばよかった!!」

ナイフの刃がクローディアスの手のひらにくい込み、赤黒い血がしたたったが、それに気づかないほど怒りに身を焼いて、エルザは狂ったように叫び続けた。

「あたしなんて死ねばよかったのよ！　あんたもそう!!　なんであんたも生きてるのよ、なんで母親を食い破ってまで生まれて来たのよ！」

行き場のない怒りと屈辱をすべて、クローディアスにぶつけるように。

「死ねばいい、死ねばいいのよ。そうよ、あんたなんて死ねばいい!!」

そう願うことで、彼を殺そうとしたことを、自分の意思に塗り替えようとするかのように、エルザは叫んだ。

「なんで生まれた時に死ななかったのよ!!」

クローディアスは顔を歪める。

痛みと、苦しみ、それらをすべて、一閃のうちに振り切るように、刃をつかんだ手に力をこめた。

「……っ！」

エルザの力よりも、まだ強く、彼女を振り払うように、刀身をつかんだまま、エルザの手からナイフを引き取る。

クローディアスの血が、エルザの頬に飛んだ。

その色は濃く、また、生きている彼の温度があった。

「――それを、僕が自分に問わなかったと思うか」

ゆっくりと立ち上がったクローディアスは、窓からのぞく月を背に、壮絶なまでに、冷たく瞳を燃やしていた。

「なぜ死ななかったのか」

月の光のように、四肢の紋様を淡く光らせ、彼は言った。

「生きて答えを出してやる」

その言葉に、耐えきれず、エルザは顔を覆う。

彼の姿が美しく、矮小《わいしょう》な自分の価値を、見失ってしまいそうだった。こんな絶望を、感じたくはなかった。死ねばよかった。心の中で囁き嘆く。

自分、だけが、死ねばよかった。

死にたいわけじゃない。でも、決して、こんなことを、するために、生まれてきたわけじゃないのに。

(じゃあ、なんの、ために)

なんのために、生まれて、きたの——?

「エルザ」

手のひらの痛みなど感じないのか、クローディアスは顔色も変えず、座り込んだエルザに跪《ひざまず》くように、片方の膝をついた。

「エルザ。君は僕の妻だ。君が祖国でどれほど道具のように扱われていたとしても」

傷のない手をそっと肩に置くと、エルザの身体が怯えるように震えた。

「この国では、誰にも君を愚弄させない」

ゆっくりと、エルザの顔が上がる。生気を失い白くなった顔で、それでも赤い瞳で、クローディアスを見た。クローディアスは、頷く。

「君は君であるべきだ。口無しであれ、毒吐きであれ、構わない。決して何者の奴隷にも道具にもならず、君として立てばいい」

胸に勇気をともした異形の王子の言葉に、エルザはくしゃりと顔を歪めた。そしてあえぐように不自由な呼吸をして。

「……あたし、あんたを」

エルザは震える手を、クローディアスのそれに伸ばす。彼の、血の流れる手のひらに。触れようとして、けれど、見えない壁に阻まれるように、届かない。

それは怖れだ。魔王の呪いもその異形の四肢も、決して怖ろしくはなかった。

けれどエルザの手は、彼に触れられなかった。

確かに恐怖したのだ。クローディアスにではない。彼は高潔だった。たとえどのような四肢を持っていても、誇り高き王子だ。

――魔物であるのは彼ではなく、自分だ。

真実、呪われているのは、自分自身だとエルザは思った。

けれど相反して、クローディアスは決して迷わず、ためらわなかった。宙で震えるエルザの手を、傷のない手でつかみ、目を細めて言う。

「君の国は、外から見るよりももっと混乱しているはずだ。……僕は、君に僕を殺させようとした人間と、妻にさせようとした人間は、同一ではないと考えている」

エルザは、うつろな瞳で首を振る。わからない、と言うように。

「君の国は」

手首をとり、吐息を重ねるように言ったクローディアス。けれど、突然、廊下を駆ける足音が近づいてくる。

クローディアスが顔を上げる、その次の瞬間、部屋に駆け込んできたのは、顔面を蒼白《そうはく》にしたオリエッタ。

「ディア、エルザ!!」

二人を呼ぶ、彼女の声は、まるで悲鳴のようだった。

どうしたとクローディアスが尋ねる前に、オリエッタは言い放つ。

「神殿に、伝令が！　ヴィオンの占者達から緊急の報せよ！　占者と王族が捕らえられ、城が、落ちたと……!!」

ヴィオン、落城。

それはエルザを排した国。あれほど呪い、捨てた祖国であるのに。その言葉に、エルザの視界は、暗く、閉じた。

第七章　裸足の福音

レッドアークとヴィオンは同盟国だ。様々な利があり手を組んだが、互いの魔術師と占者を送り合い、術を磨き世界の真理を解き明かすことを天命としている。

落城の一報も、どんな早駆けよりもはやく、ヴィオンに留学しているレッドアークの魔術師よりもたらされた。

「最初に暴徒が入ったのは、ハリス侯爵をはじめとした貴族の館だそうだ」

部屋の人々を見回し、アン・デュークがそう言った。エルザは窓際のソファに座り俯いている。手の傷の手当てをうけたクローディアスと、オリエッタも同じ部屋にいた。

「邸宅を追われた貴族達が逃げ込んだのは、ヴィオンの聖地、占術の神殿。城の兵も動乱の鎮圧のために投じられた」

さぞかし混乱したことだろうと、エルザにも容易に想像がついた。私欲にまみれた貴族達は、烏合《うごう》の衆のように、王ではなく占者を頼ったに違いない。

「その隙をついて、ダダ宰相がヴィオン王を投獄した」

国王の投獄。その言葉は、さほどの衝撃ではなかった。当然のことだとさえ思えた。王の無能など、火を見るまでもなく明らかなことだ。

彼の王のことを胸に描こうとすれば、ぼんやりと肖像画の印象が浮かび、遠い背中だけがまぶたに残っているだけで、エルザは彼についてなにも知らなかった。どんな気持ちであったのかも想像さえ出来ない。ただ、この動乱に、なにも成さなかったのであろうことだけはわかる。

彼の人は、神殿の占者の言うがまま、エルザに対してなにも行わなかった。それだけではない。国に対してさえ、一体なにをしたというのだろう。

ただ、占者の言葉を、諾々と聞いていただけではないか。だとすれば、なるべくしてこうなったのではないか。

エルザはきつく固めた自分のこぶしだけを見て、続くアン・デュークの言葉を聞いた。

「落城と同時に、ダダ宰相直筆の声明が発布された。ヴィオンを、占いのない、新しい国へ導くと」

国が変わると言った女がいた。その声がエルザの耳にはまだ響いている。

けれどその前に、エルザに、国を変えると言った、男がいた。

「……ジョセフは」

かすれた声で、うつろな瞳でエルザは呟いた。吐息のような言葉であったが、アン・デュークは彼女に向き直り、言う。

「国内での混乱はまだ続いている。神殿において、占者と彼らを守る兵士が戦うのは、ヴィオンの下町から集められた、傭兵《ようへい》達だそうだ。はっきりと報せが入ったわけではないが——率いているのは、カールストン家の末裔《まつえい》、ジョセフ・カールストン」

告げられた言葉は、糾弾であったのかもしれない。

「エルザ、過日に君と出会った、彼だ」

アン・デュークのまなざしは、鋭かった。

「……誰」

顔を歪め、エルザは震える声で囁く。

そんな名前は知らないと、エルザが迷子のような声を上げる。アン・デュークがた
「誰のことよ。カールストンって……」

めらうように唇を湿らせた。クローディアスが彼を促すように頷き、それを見届け口

を開く。

「……彼は、貴族の出だ。カールストン家は二十年前に途絶えたヴィオンの旧家だ。ヴィオンには珍しい、剣の家系だった」

アン・デュークの生家であるマクバーレン家もまた、魔術の栄えるレッドアークにおいては珍しい騎士の家系だった。だから文献に残されていた、とアン・デュークは言った。

その交流とともに、末路もまた。

「しかしカールストン家は、ハリス侯爵とヴィオンの神殿に危険分子とみなされ、解体された」

こくりとエルザの喉が鳴った。

ジョセフのまとう独特の違和感や、はじめて会った時から、エルザに目をかけた理由。それが、ようやくわかるような気がした。

彼は、きっとエルザになにかを重ねたのだ。家をつぶされた貴族が、城に捨てられた姫君に、なにかを。

そして、彼は復讐《ふくしゅう》として、エルザにクローディアスを殺させようとしたのだろうか。

廃された自分の家のため、彼もエルザを謀り、道具として扱ったのか。

けれど、どうしても、そうとは思えない自分がいた。彼には、そんなことが出来ないという確信があった。

王の心はわからない。けれど、ジョセフのことならば、わかることはある。

厳しい顔をしたアン・デュークもまた、ジョセフの立場には懐疑的だった。

「ジョセフ・カールストンがどのように宰相と手を組んだかはわからないが——王が投獄されてもなお、混乱がおさまらないのはおかしな話だ……」

王座を奪ったのなら、まず先に、兵を止めるべきであるのに、とひとりごちるようにアン・デュークは言った。

そこで彼は言葉を止め、現状を整理するためもう一度状況をたどり直す。

「ヴィオンの評議会は古くから二派に分かれていた。ハリス侯爵をはじめとした古き王侯貴族達と、平民から選出された代議士達。長く、貴族達は圧倒的な優勢を保っていた。しかし、平民上がりであったダダが宰相に選出された。その理由は？」

「……あたしは、知らない……」

けど、と呟くエルザの言葉は震えていた。自分の言葉が、二つの国になんらかの影響を及ぼすことに怯えるように。

ためらいがちに、彼女は言う。

「あたし達は、みんな、ダダ宰相は……占者長の娘を嫁に迎えたから……星の神も、味方につけた、と……」

アン・デュークは頷く。

「昨日この国を訪れた宰相の妻オリビアはレッドアークの神殿でも魔術を修めている。とても優れた魔術師だそうだ」

その言葉に、傍らのオリエッタが、硬く低い声で言った。

「……占いが、曲げられた可能性があるわ」

エルザは自分の血の温度が下がるのを感じた。それは彼女の本能が感じる、怖ろしさだった。

ヴィオンは、占い狂いの国である。星の神の示すことは絶対で、またそれに整合性があり、よりよき道をたどってきたからこそ、人々は星の神を信じた。たとえ王族が無能であっても、星の導きを信じればよかった。

無意識に胸をかく。

星の神々など死んでしまえばいいと思っていたが、それでも、心の奥底に、植え付けられた絶対の教え。

その占いが、もしも人の手で、好きなように変えられてしまう可能性があれば。

すでにそれは、ヴィオンを手中に収めたといえるのではないか。

怖ろしいことに、アン・デュークは頷いた。

「その動きは以前からあった。ダダ宰相が不穏な工作を続けていたことも事実だ。ヴィオンは、古くより王族と占者との関係に重きを置いていたが——その権威の構造が変わりうるのではないかと。宰相の狙いはハリス侯爵をはじめとした王侯貴族達の失脚。そして占者に頼る貴族の政治からの脱却。それだけだと思っていた。……それが、まさか」

彼は宰相の紋だけではなく、冠もまた、手に入れようとしたのだ。

「王位の簒奪《さんだつ》は、すべてが罪じゃない」

そう静かに告げたのは、それまで黙していたクローディアスだった。

「占の国から人の国へ。それは美しい理想かもしれない」

エルザの傍らにたたずみ、静かな横顔で、淡々と言う。

「……でも、どんな冠をかぶろうと、僕はそいつを王とは認めない」

微塵《みじん》の迷いもない言葉。その理由を、はっきりした声で、付け加えた。

「エルザに僕を殺せと命じたのは、そいつだ」

クローディアスの手に巻かれた白い包帯を見て、エルザは顔を歪めた。

「あたし……あたし」

震える手で、自分の頭を抱える。占いなんて大嫌いだった。そんなものに振り回されるのはまっぴらだ。なくなってしまえばいい。そう思った。

クローディアスはまぶたを伏せて、アン・デュークに言う。

「僕がエルザに殺されれば、いや殺されなくても、その意思を見せられれば。レッドアークはヴィオンに報復をしたはずだよね？　そうでなくとも、ヴィオンの王族を助けるために、兵を挙げることはない」

占者達はエルザを差し出すことで、もしもの時にレッドアークに頼ろうとした。

そしてそれをさせまいと、ダダ宰相と魔女オリビアは、エルザに王子を殺させようとした——。

どちらも、細い肩を持つ毒吐姫を、国の切り札として使おうとしたのだ。彼女の意思など、微塵もかえりみることはなく。

アン・デュークは、苦い顔をして言った。

「……すでに、ヴィオンの占者から、援軍を求める声は届いている」

騎士団を動かすとなれば、先陣に立つのは聖騎士であるアン・デュークだ。彼のもとには、いちはやく伝令が来ていた。

けれどまだ、進軍の指示は出ていない。すべての決定権は、レッドアーク国王にある。

アン・デュークは言葉をつなげる。

「宰相の狙いは、より多くの混乱であるのかもしれない。現状を見る限り、カールストン家の末裔と手を組んだのではなく、彼もまた、駒とされた可能性がある。二つの力がつぶし合えば、その後の成形も容易だろう。宰相はこう考えたのかもしれない。自分の独裁には……貴族も、そして、暴徒も不要だと」

汚いやり方だ、とアン・デュークは不快げに言った。

「ヴィオンの兵はまだ、宰相側ではない。神殿からは火もあがっているそうだ。……すでに多くの、血も流れたと」

エルザはソファに座ったまま、自分の両肩をつかんで爪をたて、根の合わない奥歯を鳴らした。

「う、ぅ……」

星よ落ちろ、光よ消えろ、命よ絶えろ。

かつて占者に向かい、そう唱えたのは他でもない自分自身だった。血を吐くように毒を吐き、こうなるべきだと思っていた自分が、確かにそこにいた。

占い狂いのこの国は、業火に焼かれて生きた地獄に成り果てればいい。

けれど、焼かれているのは、誰だ？

下町を思い出す。飢えて、苦しく、それでも、悪くない日もあったと。そしてあの大きな手を思い出す。熱に浮かされたような、彼の目と、声。

『子供が生まれる。生まれてくる子供のためにも』

そう、ジョセフは言った。けれど、そのために、死ぬのは、誰だ？

血を、流しているのは一体誰だ。

「うーう、うう……ううう!!」

自分の身体を抱き込み、赤い瞳を震わせて。ただうめきを上げるその姿に、傍らに立つクローディアスが声をかける。

「エルザ」

その声を合図とするように、エルザは立ち上がる。

大きく息を吸い、吐いて。

緩慢な動作ではあったが、倒れないよう、よろめかないよう、しっかりと足を地につけた。その目はもう、震えてはいない。

「帰る」

顔を上げ、まっすぐに、クローディアスに言った。

「あたし、帰る」

肌は白く、赤い瞳が強い光で燃えている。

死んでしまえばよかったと、叫んだ彼女はもうそこにはいなかった。顔を上げたエルザは、はっきりとその瞳に決意を燃やしていた。

しかしクローディアスは眉を寄せ、首を振る。

「危険だ」

「じゃあ、ひとりだけ安全なところにいればいいの？」

クローディアスの言葉にかぶせるように、エルザは鋭く言った。それから、淡く、本当に淡く、笑みを浮かべるようにして、言う。

「なにが出来るかはわかんないわ。なにが正しいのかもわかんない。あたし馬鹿だもの。でも、あたしが知ってる奴らも馬鹿なの。男は特に、脳みそが筋肉で出来てるから、頭に血がのぼっちゃうと駄目なんだ」

ジョセフもそうだった、とエルザは思う。彼の横顔もそうだった。病のように熱をもっていた。新しい国のために、生まれてくる子のためにと、その身と命を捧げるつもりなのかもしれない。

一度捨てた家名をたぐり、代わりに手にしたはずの家族を捨てて。悲劇の英雄のように。

大馬鹿者だ、とエルザは思う。

そんなのは大馬鹿だ。彼はもっと、大切なものを守るべきだ。

家名などなくとも、帰る家と、迎えてくれる家族がいるはずだ。

エルザはゆっくりまぶたを下ろす。

『帰ってこい』

エルザの目を見て、そう、彼は言ってくれた。

その言葉が、嘘であったとは、エルザは思いたくなかったし、思わなかった。けれど、ジョセフの言葉を嘘にした人間がいたことは、確かだ。

甘言を用い、自分が王となるために、他人を駒にした人間がいる。

「……あたしはね、その宰相とやらに、国が乗っ取られたって、別にいいんだ。占者や王族なんてクソくらえって思ってるのは、あたしも一緒」

そのために、自分の存在が邪魔であったなら、誰かを殺そうとし、また殺されることも道理だろう。

誰が正しく、なにが間違っているかはわからないけれど。

ひとつだけ、はっきりとわかっている。

「……でも、あたしの知ってる馬鹿達を、駒にして、血を流されるのは困るんだ」

肩をすくめ、呟くようにエルザは言った。

「争いはいや」

そして、自分の言葉を否定するように、目を閉じながら首を振った。

「ううん、そうじゃない。これ以上、飢えるのは、いやよ」

心の底から、思う言葉だったから、決して大きくはなく、苛烈でもない声量でも、辺りの空気が静かに震えた。

次に目を開けた時、エルザは、瞳に光をともし、はっきりと言った。

「あたしは飢えるのがいやだった。だから、あたしと同じように、飢える人が出るのは、いやだ」

いくさは国を変えるかもしれない。血が流れることが、あの腐敗した国には必要なのかもしれない。

暴徒と占者、貴族達をぶつければ、どちらも疲弊し、またどちらも王に代わった男の権威をもって処分することが可能なのだろう。

けれど、それではなにも変わらない。下町の道で泣いていた子供は、やはり炎と血のにおいの中で、膝を抱えて泣くだけだ。

貧しい者だけが、割を食うのはもういやだと、エルザは思った。

宰相が本当に、すべてのヴィオンの民を心から愛してくれるのならば、きっと、自らが新王として立つような真似はしないはずだ。エルザだって、味方についたかもしれない。

エルザは自分の愚かさがわかっている。すべてが正解だとは、思えない。それでも。

「なにが出来るのかはわかんないよ。でも、あたしの声で、あたしの首で、止まるいくさも、あるかもしれない」

せめて、王の捕らえられた今、城の兵士とジョセフ達の戦いだけでも、やめさせることが出来たなら。

殺し合いを望む簒奪者の代わりに。誰かが結論を出さねばいけないと、エルザは思った。

方法なんてわからない。自分にはなにも、出来ないかもしれないけれど。

エルザは傍らの窓を見る。空が白んでいた。夜明けが近かった。朝焼けが、いくさで燃える空を彷彿とさせた。

「……ねぇ、それで、誰かを、救えたら」

窓を見て、小さく呟く、その声は、頼りなくかすかに、震えていた。

「あたし、生まれてきたことが、間違いじゃ、なかったかな」

小さな囁きに、アン・デュークもオリエッタも、痛みを堪える顔で、言葉を探した。

けれどクローディアスだけは、そんな迷いを持たなかった。

彼はためらいなくエルザのもとに踏み出し、包帯のない腕を振り上げる。

そして、にぶく重い音を立てて、壁にこぶしを打ち付けた。

「——!!」

エルザの肩が驚きに震える。その目をのぞき込む、クローディアスのくすんだ緑の瞳は、怒りに深く色を変えていた。

「……君にとって、僕はそれほど、頼りない王子か？」

硬い声は、斬りつけるようだった。誰になにを言われた時よりも、エルザが刃を向けた時よりも。より深く傷つき、怒りに満ちた声で、彼は言った。

「どうして僕に助けを求めない」

その言葉に、エルザの瞳が震え、髪が震え、肩が震え、そして同じく震えた声で、ゆっくりと言った。

「だって」

途方にくれたように、首を振る。見開いた目の端から、はじめて落ちる、透明な、しずく。

「だって」

いやだ、とエルザは思う。頭を抱え、首を振り、崩れるように、涙が落ちた。

そんなのはいやだ。

だって。

(あたしは姫じゃない)

生まれた時から忌み子とされた。文字さえ教えられずに、ここまで育った。

(だからあたしはあんたの妻にはなれない)

だってだってだって。

(あんたが愛しているのは、あたしじゃない)

だからお願い、優しくはしないで。

誰かに愛される夢。そんな幸福な夢から目覚めるなんて、もう、耐えられそうにないから。

そのまま崩れるように泣き出したエルザの手を、クローディアスが強く、握る。紋様の浮かぶ手。片方は包帯に巻かれた、呪われた四肢で。

エルザにはもう、その手を振り払う力は残っていなかった。

アン・デュークとオリエッタが顔を見合わせ、深く頷く。彼らもまた、なにかを決めたようだった。

同時に、彼らを呼ぶ王の側近が、扉を叩く。クローディアスは涙するエルザの腕を引き、部屋を出て向かう。

王の待つ、謁見の間に。


エルザが王と向き合うことは二度目だった。深く落ちくぼんだ目に黒い隈《くま》をつくっていたが、灰髪の王は支えを受けることなくひとりで歩き、玉座へと座した。

「ヴィオンが落ちた」

その言葉は深く重く、エルザの胸を縛り付ける。

「……我らは同盟国である。だが、此度《こたび》はヴィオンの内乱だ。王の首が代われば、同盟は無効となり」

王は濁った瞳で、エルザを見た。

「その者も、姫ではなくなる」

闇雲に手を貸せば、いくさを長引かせるだけにもなりかねないと王は言った。その上で、クローディアスに向かい合う。

「クローディアス。お前からは、なにか、あるか」

問われたクローディアスは一歩前に踏み出し、言う。

「父上。クローディアスに、聖騎士、並びに、レッドアーク騎士団と魔術師団をお貸し願いたい」

ためらいなく、父王を見据えて、言い放つ。

「ヴィオン内乱の鎮圧のため。進軍の、お許しを」

灰髪の王は目元を押さえ、大きく胸を上下させながら、嘆きともうめきともつかない声で言った。

「……ヴィオンのために、兵を挙げるというか」

それは認めがたいという響きであり、同時にまた、予測もしていたという響きでもあった。クローディアスは決して折れることはなく、言葉を重ねた。

「同盟ゆえではありません。ヴィオンは……僕の妻、この国の王妃となる人の国です」

エルザが強くこぶしを握る。包帯の巻かれた、彼の手を思った。その傷と、その痛みと、そして愚かでみじめな自分を思った。

(駄目だ)

彼は、ヴィオンを捨てるべきだ。そして自分を捨てるべきだと、そんな言葉がいくつも浮かび、けれど声にはならず唇を嚙み、肩を震わすことしか出来なかった。

言わなければならない。もういいのだと、言わなければ。

王は三度の深い呼吸のあと、言葉少なに息子に尋ねた。

「指揮は」

「僕が」

対するクローディアスの答えもまた短く、決して他の決断はとらないという意志をにじませていた。国王は一目でわかるほど顔を歪ませ、「わかっているのか」と低くうめいた。

「アン・デュークはよいであろう。オリエッタも。しかし、お前は、この国を、……あの森を、離れれば」

彼の王がなにを危惧しているのか。エルザにさえわかるのだから、クローディアスにわからないはずがなかった。彼の両手と両足は、この国だからこそ、魔王の祝福を受けることが出来るのだ。

けれどクローディアスは、自分の手を強く握る。

「それでも……これは、僕の、すべきことです」

あざやかな紋様の、その手がまだ、動くことを、確かめるように。

痛みをこらえるように、国王がまぶたを下ろす。そうして沈黙が降りた。

「──も、申し上げます！」

その時、謁見の間の扉を開き、駆け込んできた兵がいた。

「なにようだ！」

兵の無礼に、王は厳しい声を上げた。魔術師からの伝令ならばまだしも、門兵が踏み込むことは許されていなかった。一兵はその声に震え上がりながらも、言葉を探すように唇をわななかせた。

「失礼いたしました、ですが、しかし……」

そして彼が言葉を見つけ出す、その前に。

背後から、花びらのように舞う、白い影が駆け込んできた。

（え……？）

エルザは驚きに呼吸を止める。それは、あまりにこの場に不似合いな闖入者だった。

細い足。細い腕。白いドレスは、見たこともないような自由な形。

肩まで伸びた髪は、時折金の混じる干し草の色。首は細く、装飾はない。

すらりと伸びた背、中央にしっかりと仁王立つ。

軽やかな音を立てる、その足は、裸足。

「こんにちは！」

凛《りん》とした顔で笑う。前髪の揺れる額にのぞくのは、見紛うはずなどない、王子と同じ、禍々しいほど、美しき刻印。

「み、ぃ……」

震える声で名を呼ぶ、クローディアスの声が示す前に、あまりに鮮烈に、その存在は自ら輝いていた。

（これが）

エルザは目を見開き、立ちすくむ。

これが、すべてを照らし、魔王にさえも幸福を与えるという。

夜の森の、真昼姫――。

突如現れた彼女は、まぶしい笑顔を振りまきながら、くるりとした目で辺りを見回した。

「王様、お久しぶりね！　ディアはちょっぴり、久しぶり！　アンディもオリエッタも、みんなおそろいね！」

国の王を前にしての、あまりに自由な、その挨拶。けれどそれを咎《とが》める者は、その場には——この国には、いない。

蝶々《ちょうちょう》のように踊る、彼女の視線が、ぴたりとエルザに止まる。

おとぎ話の主役の姫君は、どれだけ美しい顔をしているのかと思えば、驚くほどに平凡な顔をした娘だった。醜くもないが、特別に美しいわけでもない。ただ、その顔は、生気に満ちている。

額の紋様に次いで、引き寄せられるのはやはりその目だった。三白眼の気のある、意思の強い瞳だ。きらきらと、強い琥珀《こはく》に、輝いて。

怯えも、怖れも知らない目だった。

遠慮のないその光に、エルザが一歩引いた。

相手はエルザのひるみを知ってか知らずか、ずかずかと大股で歩みより、皮の硬い両手で、エルザの頬を挟んで言った。

「煉花《レンカ》の色！」

笑う。エルザが振り払うことさえ忘れるほど、あざやかに。そして、言う。

「宝石みたいに、綺麗な、目！」

あまりにぶしつけで、あまりに純粋な言葉に、エルザは言葉も動きも忘れ、ただ呆然と相手を見た。

彼女の両手首には、古いさびのようなあざがあった。頬にあたる手のひらには古い傷跡があり、そのさわり心地は決して淑女のそれではなかった。

それでも、指の先まであたたかかった。

「ミイ、紹介するよ」

隣に近づいてきたクローディアスが、やわらかくも凜々《りり》しい声で告げる。

「彼女はエルザ。僕の、妻になる人だ」

真昼姫はその言葉にぱちぱちとまばたきをすると、「エルザ」と鸚鵡《おうむ》のように返した。

それから、首を斜めに曲げて。

「エルザは、ディアの、つま？」

そんな風に聞くから、クローディアスは頷いて、誇らしげに言う。

「ああそうだ。僕の妻になるために、国を越えて来てくれた」

ゆっくりと、クローディアスの言葉を消化するように、彼女はくるりと瞳を回す。

その間に、オリエッタとアン・デュークが彼女のそばまで来てのぞき込んだ。オリエッタが「ミミズク」と、深く愛情をこめて名前を呼ぶ。

「どうしたの？　突然……。先日顔を見せにきてくれたばかりなのに」

「なにかあったのかい？　夜の王と喧嘩したとか」

アン・デュークにも言われて、ミミズクは城を訪れた理由を思い出したのか、かかとを回転軸に、クローディアスに向き直って。

「あのね！」

その一言ののち、胸元からなにかを取り出した。

黒い、それは。

不思議な光沢を持つ、大きな、羽だった。

「あげる！」

不思議な光沢のある羽を、クローディアスに差し出して、ミミズクは幸せそうに笑って言う。

「フクロウから、ディアに！」

エルザは知ることはなかったが、彼女が唇に乗せたのは、彼女だけしか呼ぶことの許されない、夜の森の王の名だった。

クローディアスの緑の瞳が大きく見開かれていた。真昼姫がもたらす、黒い羽。それが、誰のものかは、問いかけるまでもなく明白だった。

「夜の、王が……？」

クローディアスの言葉が震え、受け取る指も、かすかに震えていた。

「うん、ミミズクにね、持っていけって！」

指先まで紋様の入った彼の指が、黒い羽に触れると、一瞬、彼の両手両足の紋様が、光を帯びたようだ。

「あんまり長くはもたないから、気をつけてね！」

ミミズクの説明は言葉足らずだったが、その羽から伝わる甘いしびれは、なにより雄弁だったようだ。クローディアスはすべてを諾して、まつげを震わせる。

満ちる力が教えてくれる。黒い羽は、夜の森を統べる魔王の、魔力のかけらだ。

「ありが、とう……」

言葉では収まりきらない万感をこめ、クローディアスが囁き、まぶたを下ろす。

その答えを、ミミズクはやはり太陽のように笑うことで受け止めた。

「それだけだから、ミミズクは帰るねっ」

アン・デュークに頭をなでられ、オリエッタから両頬にキスを受けたミミズクは、ぺこりと一度国王に頭を下げ、やはり踊るようにその場をあとにしようとした。

レッドアークの王は最後まで言葉を発することはなかったが、深く息をつくように伏せられたまぶたが、彼女への言葉にならない思いを伝えていた。

訪れた時と同じように、風のように走り去っていくように思えた影はけれど一度、振り返り、クローディアスでも聖騎士夫婦でもなく、ひとり立ち尽くすエルザをじっと見つめた。

琥珀の瞳がエルザを射ぬく。

そのまっすぐさに、居心地の悪さを感じて、エルザは目をそらしたくなった。

彼女に対して、なにを言えるのかと自問する。

エルザは毒吐きだ。かつて祖国で星の神を罵倒したように、もしも歌にうたわれる真昼姫に会うようなことがあれば、化け物めいた彼女へ、なにか言ってやらねば気が済まない、そう思っていたのに。

真昼姫が、笑う。

その笑顔があまりに美しく、もう、なにも、言葉にならない。

裸足が赤い絨毯を蹴り、夜の森の真昼姫は、ヴィオンの毒吐姫の首もとへ、飛びつくように抱きついて、言う。

「ディアの妻に、来てくれてありがとう！　大好きよ！」

ミミズクの髪からは、深い森の、夜のかおりがした。

（ああ）

エルザの視界が揺れる。これは、はじめて出会った、見たことのない少女だ。おとぎ話から抜け出したような、馬鹿馬鹿しい存在。これから先も、交わるようなことはないかもしれない、魔物の森の姫君。だというのに、エルザの手が、自然に伸びて、一瞬、ほんの一瞬だったが、その身体を、抱いた。

まるで自分のように、細くて軽い、けれど、こぼれるほどに喜びに満ちた、その身体を。

目を閉じる。すべての絶望も、不安も、夜のように消《き》え失《う》せて。

（祈りたい）

そんなことを、生まれてはじめて思った。もしもかなうことならば。願わくば。

自分も、彼女のために祈りたいと、エルザは願った。

そして訪れた時と同じように、夢が覚めるようにミミズクは去り、残されたクローディアスはもうためらわなかった。

国王とは、頷きひとつで、意志を確認した。

止めるものは誰もいない。

彼の胸には黒い羽。小さな異形の王子には、夜の王、そして真昼姫の祝福がある。

「僕の望みはただひとつ」

冷たく冷えたエルザの手を、脈打つ強い手で握り、クローディアスは宣言した。

「僕の妻、エルザの祖国、ヴィオンの城。その、無血での開城だ」

第八章　星と神の運命において

ヴィオンは混乱を極めていた。

嵐のような動乱の一夜が明けても、その争いはおさまることを知らない。

貴族の館では火の手があがり、至るところで怒号が響く。

今も止まらぬ血が流れるのは、城ではなく貴族達が逃げ込んだ星の神殿だった。占術と魔術で対抗しようとする占者達に、城の兵士が加勢をしていた。

しかし、下町の人間に加えて、半分は金の力で集められた傭兵達が、怠惰でゆるみきった国の兵よりも優勢だった。

神殿の制圧は容易なはずだったが、反乱の一軍は統率を欠いていた。今一歩のところで兵達に押し返されようとしているのは、そのまま、内部の混乱を表していた。

「ダダが王とは、どういうことだ！」

占者達を捕らえた傭兵達が、剣を振るいながらも疑問の声を上げる。

ヴィオン王の投獄というダダの声明は、彼らの耳にも届いていた。

悲鳴とうめき。それらをかき消すように飛び交う声は、絶叫に近かった。

「俺達が知るか、雇い主が王なら好都合じゃねぇか！　その分褒美は弾んでもらえるだろうよ！」

「聞いていないぞ、俺達は民が主体の議会になると……!!」

「ダダが王になったのなら、どうして城の兵士をおさめないんだ!!」

「ジョセフ!!」

下町の傭兵が、先頭に立ち、兵を薙《な》ぐジョセフの名を叫ぶ。ジョセフも剣を振るいながら、口の中だけで呆然と呟いた。

「なぜだ」

額に浮かぶ汗が、顎に流れる。

ジョセフはダダより下賜された大振りの剣と、質のよい鎧《よろい》、そして腰には、濃紺の星石を下げていた。

確かにこの反乱を率いたのは、ジョセフだ。そして話を持ちかけてきたのはダダだった。

けれど彼が王になるなどと、一体誰が言った？

いくつもの言葉が、ジョセフの脳裏にひらめいて、消える。思い返すのは、薄暗い部屋で交わされた密談。

『時代の夜明けのはじまりとして、この国に、新しい議会を。民による、民のための。そのためには、この国に一石を投じる必要がある』

そのために、今一度剣を持てと言われ、決断をした。

貴族と神殿さえ制圧すれば、彼らを人質としてジョセフが新しい議会の発足を申し入れる。今はなき、カールストン家の署名は、そこで有用なはずだった。そして宰相たるダダは争うことなく受け入れるはずだった。

なぜ、城の兵が来る？　なぜ、自分達はまだ、戦っている？

状況はどこで筋書きをはずれてしまったのかと、血のにおいに騒ぐ頭のままで思う。どこで間違えた。なにが悪かった。

新しい国を思えばこそ、二度と使うことはないと心に決めた家名を、もう一度持ち出す決意をしたのだ。

ジョセフの両親は、落ちぶれた果てに精神を病み、国と占者を呪いながら死んでいった。その哀れな末路を見ながら、こんなことはもうたくさんだと、ジョセフは自分の剣技だけを抱いて、すべてを捨てたのだ。

誰かを恨み、憎んで死んでいくのは、もうまっぴらだと。

新しく生き直すことを決めた、貧しい町では幸福なことに、ジョセフの生まれや生い立ちなど静かに笑い飛ばしてくれるような女と出会えた。乳白色の石を胸に抱く、酒場の女だ。そのまま、平凡に、古く狭い町の中で生きていくのだろうと思っていた。そんなおだやかな幸福から、手を離したのは自分だった。けれどそれも、愛していたからこそだ。

この国を。そして、生きる、人々を。新しく得た、家族を。

『結局ね、アンタがみんな泥をかぶるんだ』

国を変えるために、いくさの狼煙《のろし》をあげる。そう妻に告げると、彼の妻は酒場のカウンターに肘をつき、ため息とともに呟いた。

『お人好し』

手慰みに果物の皮を剝きながら、なじるように彼女は言った。

少女の時に事故で悪くした足が痛むからと、寝所でさえ煙管を手放すことのない女だったが、子を宿してからはぴたりと止めた。

情の厚い、美しい女だった。

『男を止めるだなんてねぇ、馬鹿な真似をする気はないよ。アンタ達は、なぁんにも止まらないんだもん。止めるだけ無駄なことだろう？』

未練たらしいことは決して口にしない女が、そこまで言ったのだから、決してこの乱に賛同してはいなかったのだろう。けれど、ジョセフは立つと決めた。

彼女のために。そして、彼女と自分の、子供のために。

ミザリーが、理解してくれたのかはわからない。ただ、彼女は吐き捨てるように言った。

『アンタが帰って来なかったら、あたし、新しい男をすぐに見つけるよ』

その言葉さえも優しさだろうと、ジョセフは知っている。額に口づけ、背を向けたジョセフに、妻であるミザリーは言った。

『ねぇ、あの子に会ったら——……、捨て子の毒吐きでいいから、帰っておいでと、言ってやってよ』

ぎりりとジョセフは歯を食いしばる。

——そうだ、エルザは。

過去は捨てて、生きていくのだと思っていた。けれどヴィオンの下町で出会ったのは。

国と占いを恨み憎しみ、呪うことだけで懸命に生きる、鶏ガラのように哀れに痩せた少女だった。

「毒吐姫もこの国に戻ると言ったのは、あの男だ」

口をついて出た言葉に答えるものなどあるわけがない。

ダダ宰相は、確かにエルザを取り戻すと言った。この国に取り戻し、ヴィオンの姫君として幸福な生活を約束すると。

この腐敗した国の、王が誰かなどもうどうでもいい。たとえダダが王座に座ったとしても、構わない。けれど。

王が処刑されれば、彼の娘は、一体、どうなる？

ジョセフの知る、毒吐きのエルザは、本当に幸福を得られるのか。

そしてあの男は、本当に、幸福な国を約束してくれるのか。

「――――――!!」

吠《ほ》えるようにジョセフは声を上げ、剣を振り上げた。もう、ここで降伏することだけは出来ない。

この神殿を落とし。

ダダのもとまで向かわなければ。

「ジョセフ!!」と、彼を呼ぶ声がする。その声も、壁一枚隔てているような遠さを感じた。向かう人を切ることだけが、自分のすべてとなったようだった。

けれど、ざわめきは波のように大きくなった。これまでの怒号や悲鳴とは違う。

期待と絶望、それらの波に乗り、誰かが叫んだ。

「援軍だ！」

ジョセフが振り返る。ダダか、それとも別の誰かか。新しい助けを送ってくれたのかと思った。星の神は、まだ、自分達を見捨ててはいなかったのかと。

けれど神殿の外からは、仲間達の悲鳴のような、叫び。

「レッドアークから、ヴィオン軍に、援軍が!!」

雷に打たれたように、ジョセフの動きが止まる。

ヴィオン軍。それは、自分達の前に立ちふさがる、倒すべき国の兵ではないか。

神殿になだれ込んで来る、鎧をまとった騎士達と、魔術師団。赤と濃緑を基調とした旗は、ヴィオンの同盟国である、レッドアークのもの。

瞬く間に、反乱軍が叩き伏せられていく。圧倒的な数と、そして力だった。

「……っ!!」

ジョセフが剣を構える。目は血走り、死を覚悟していた。けれど、彼に向かってくるはずのレッドアーク騎士団は二つに割れ、その奥から、現れたのは小さな影。

黒い髪。赤い瞳。革の防具を仕込んだドレスの胸元に輝くのは、淡く炎を照らす、濁緑に緋色の散じた、星の石。

「……エルザ」

ジョセフのかすれた声が、その名を、呼んだ。

占の国、ヴィオンの毒吐姫。そして、彼の知る、下町の捨て子の名を。

レッドアークにおける、進軍の直前。二人きりとなった部屋で、クローディアスの異形の指が、エルザの胸元に触れた。

「僕は君に、謝らなくてはならない」

クローディアスとエルザは二つの隊に分かれることになった。二人、別れる時に至り、クローディアスがエルザに言ったのはそんなことだった。

彼が手の内から出したのは、エルザの星の石。

あまりに懐かしいその緑の光に、エルザは目を見開き、クローディアスを見返す。

クローディアスはまぶたを伏せて、懺悔《ざんげ》するように言った。

「君が街に下りた日、庭園の草むらで、これを見つけていた」

エルザの胸元に、石を返す。

「……どうして？」

その問いかけも、エルザ自身、なにに対するものなのかわからなかった。

クローディアスはいつものように、嘘のない、率直な言葉で告げる。

「見つけてはいた。けれど君に、渡せなかった。……この石を返したら、君は、行ってしまうような気がして」

僕の知らないどこかへ。

エルザは言葉をなくし、唇を噛んだ。告げられる言葉を、見つけられなかった。

確かに自分は逃げたかもしれない。彼から、自分から、すべてから逃げたかもしれない。どこにも行くところはなくても。

どんな選択が、自分のために、彼のために、そして他のすべての未来のために、正しいのかはわからない。

エルザはただ、クローディアスのくすんだ緑の瞳を見つめ、目を細めて、自分の石をなぞりながら、唇を持ち上げる。

「これは……。ヴィオンの、星の石なの。あたしが生まれた時に、与えられた、あたしだけの、石……。別に、なんの力があるわけじゃないけど。あたしのものは、これだけ、だから……」

弱々しく、笑う。泣きそうに、顔を歪めて。吐息のように、エルザは言った。

「あんたと、はじめて会った時、びっくりした。……ディアの、目、あたしの石と、同じ色を、してる……」

その言葉に、クローディアスは唇を引き、奥歯を噛みしめ、こらえきれないかのように喉を鳴らして、ゆっくりと、指を伸ばした。

「——口づけを許して欲しい」

ずっと、それこそ、出会ってからずっと、エルザの意思を尊び、無理強いすることなどなかった彼が、エルザの答えを待たず、頭をもたげた。

エルザの胸元、そこに下げられた、星の石に。

魂をこめるように、乾いた唇を寄せた。

息を止めたエルザを見上げ、クローディアスは囁く。

「僕は君とともにある」

信じて。と、その吐息は、最後に告げて。

「……行こう。時間だ」

クローディアスの身体が離れ、指が離れる。二人きりの部屋に、アン・デュークとオリエッタが迎えに来た。

背を向けたクローディアスに、エルザは、声を上げていた。

「ディア」

クローディアスの、足が止まる。エルザはためらいがちに、その背に問いかけた。

自分の胸にある、彼のぬくもりを宿したような、星石を握りながら。

「お願い、教えて。……どうしてあんたは、迷わないの」

彼の薄く小さな背中には、なんの迷いもないようだった。それが、エルザには不思議で仕方なかった。

自分は今も、なにもわからなくて、こんなにも怖いのに。

「……なにが正しいかは、僕もわからない」

アン・デュークから渡されたマントを羽織り、クローディアスは静かな声で言った。

「でも、僕は、僕の民に血を流させるものを、悪だと思う。決して許さない。そのために、国の誰よりもいい服を着て、誰よりも豊かな食事を与えられてきた。この血、この爪に至るまで、国の民がつくりあげた身体だ」

決して深刻ではなく、思い詰めた風でもなく。当然のことのように、彼は言った。

「この命と一生くらい、賭けられなくてどうする？」

エルザの答えを待たず、クローディアスはアン・デュークとともに部屋を出ていった。

決して一度も、振り返ることはなく、迷いのない、足取りで。

残されたエルザの手を、オリエッタがとった。

「さぁ、わたくし達も、行きましょう」

革の防具を仕込んだドレスを着せられながら、エルザは震える声でオリエッタに言った。

「……あたし、怖い」

耳を澄まさなければ、呼吸にかき消されてしまいそうな、声。けれど、オリエッタは決して聞き逃さなかった。

「わたくしも、怖いわ」

オリエッタは、エルザの手を握る。その震えを包み込んで、熱を、伝えようとするかのように。

その手のなめらかさひとつとっても、オリエッタは決していくさに馴染《なじ》んだ女性ではなかった。もうずっと長く、戦いの場に立つことがないよう、彼女の夫が彼女を守った。

けれど、今回ばかりは。

この小さな異国の姫君のために、彼女は夫に従うことはなかった。

「怖いわね。……でも、行くと、決めたのでしょう?」

エルザの手がオリエッタの手を強く握り返す。けれどそれはまだ、冷たい指先で。

「どうしよう」

すがるように、オリエッタに聞いた。

「あたし、あたしの声が、あたしの、言葉が、誰にも、届かなかったら」

なにも出来なかったら、ただ、多くの人の死を、飢えを、助長するばかりであったら。

呪いの姫君である自分が、本当にいくさになど出ていいのかと、エルザは震えていた。

(だってあたしには、なにもない)

なんの覚悟もなかった。クローディアスのように、すべてを賭けられると、思ったこともなかった。豊かな食事に、あたたかな寝床に、意味があるだなんて。口にする小麦を命とし、ワインを血として。その代償が、あるだなんて。

今更、こんなところで立ち止まるわけにはいかなかった。これから、未来へ、いくさへ、行かなければならない。けれど、震えが止まらない。

惑い怯えるエルザの肩を抱いて、髪に頬を寄せ、オリエッタは言う。

「信じなさい」

細い細い身体に、いつかの少女を、思い出しながら。

「あなたの声と言葉は力よ。わたくし達を信じて、そしてあなたが、あなたを信じなさい」

大丈夫、とオリエッタが囁く。

「わたくし達の思う通りに生きるなんてまっぴらなんでしょう？」

わざと明るく、指先に力をこめて。巫女として、そして妻として生きることを決めたオリエッタは、言った。

「あなたの生き方は、あなたが決めるのよ」


ヴィオンの神殿には、肉が焼けるにおいと、濃厚な血の気配がたちこめていた。

エルザの肺が、それらで満ちる。

毒吐きと呼ばれ、なんのために生まれて来たのかもわからなかった。

その名の通り、毒を吐き続けることで、誰かを傷つけ、自分を守っていた。自分は可哀想だと、もうずっと、嘆いていた。

けれど、それでは、もう守れないのだと、エルザにはわかっていた。もう守れない。自分以外は。——きっともう、自分さえも。

「剣を置きなさい！　あなた達は、同じ国の、同じ民だ!!」

エルザはそのよく通る声を、神殿に響き渡らせる。

「ヴィオンの兵に、まだ王に背かぬ忠誠があるのなら！」

この声に従えと、エルザは魂をこめ、名乗りを上げた。

「あたしはエルザ・ヴィオンティーヌ!!　毒吐きと言われた、この国の王女！」

薄い胸を上下させ、濁緑の星の石をきらめかせて、その一声のもとに、彼女は言い切る。

「星と神の運命において。レッドアークの、王妃となる者よ!!」

その言葉を裏付けるように、傍らにはレッドアークの剣の巫女。そして、多勢の騎士団と魔術師団を従えて。

かつては下町の捨て子と蔑まれた毒吐きの娘は、今まさに姫君にふさわしい威厳を持って、剣を持つ人々の動きを止めた。

誰もが、息を呑む。どう動くべきか、うかがっているのがわかった。

つかんだ自分の剣をどうするのか。相手の剣は。そして、この国は、どう動くのか。

「城は落ちた！」

血を流す、反乱軍の傭兵のひとりが、獣のように叫んだ。

「貴様も処刑をされるべきだ！」

ざわりと人々の間に緊張が伝染する。貧しさに心を細らせた人々は、口々に叫んだ。

「そうだ、王さえいなければ！」

「占者さえいなければ、この国は！」

突き刺さる言葉にエルザがぐっとこぶしを握る。確かにそれは、彼女もまた、心の底から思ったことだ。占者さえいなければ。星の神さえ、いなければ。

けれど。

目を閉じて、自分の胸の石を握りしめる。

ヴィオンの王など知らない。顔さえ、思い浮かべることは出来ない。血がなんだ、親がなんだ。王族など、人の皮をかぶった異形だと思っていた。

けれど、エルザの前に現れた、たったひとりは違っていた。彼は聖騎士とともに、少数の精鋭で王城へと向かっている。

今は、離れているけれど。

『僕は君とともにある』

クローディアスは、そう言った。

彼こそが、エルザの、たったひとりの王子であり、彼女の王だ。

(迷うな)

ひるみそうになる心を、ふるい立たせる。彼を思えばよかった。決して迷わない、彼の小さな背中がエルザに勇気をくれる。

この感情に名前はまだない。自分達は、愛のもとに出会ったわけではなかった。彼の王子は、きっと、自分のことなど好きでもなんでもないのだろうと、エルザはとうに理解していた。

彼が欲しかったのは、エルザではない。レッドアークという、彼の国のための王妃なのだろう。

けれど、それが、彼の生き方なのだ。何百何千という命を、何万何千万という血の歴史を、肩に負って、生きるために。

その生き方のすべてをもって、ヴィオンの姫君を愛すると、決めた。

そしてエルザは、そんな彼を信じたいと思った。彼の、異形の手をとり、信じたいと、強く、思った。

思いをはせたのはほんの一瞬だった。エルザはまた顔を上げ、毅然《きぜん》と言い放つ。

「流した血の量で、幸福が買えるのか」

人々を見回し、エルザは言う。剣を持つ傭兵の中には、エルザも既知の下町の人間が、少なからずいた。

あの日々を、思い出す。

「あたしは飢えを、知っている。空腹の夜の、寒さを知っている。ダダは、口先だけでなく、本当にすべての民に、飢えない暮らしを約束してくれるの」

そうであればいいと、エルザは思った。そんな暮らしが、来るのならいい。

「そう、言い切れるのならば、今ここで、あたしの首を刎ねなさい」

反乱者達はそろってエルザから目をそらした。彼らには迷いがあった。

宰相であるダダが、自分達の後ろについているのだと思っていた。けれどダダが王となることさえ、彼らは聞かされていなかったのだ。

自分達は、宰相個人の思惑のために駒にされたのではないか。心のどこかでそれに気づきながら、目をそらして、戦っていた。振り上げた剣は、なにかを壊さなければ、下ろすことが出来なかった。

「エルザ」

低い声で、エルザの名を呼び、彼女の前に進み出たのは、ジョセフだった。彼は腕から血を流しながらも、剣を握り、エルザに言う。

「どうしてお前が、そこまで、言える。お前も……お前こそ、この占者達に、捨てられ、呼び戻されて、声も奪われ、異国に嫁ぎ……」

震えるジョセフの手が、エルザに伸びる。

今は決して届かないが、それでも、帰ってこいと、仲間だと、言ってくれた。何度も何度も、頭をなでてくれた手だ。

エルザは目を細める。

迎えに来るという、彼の言葉は、結局は嘘に変わった。

あんたはあたしをだましたのだと、一蹴することは簡単だ。昔の自分なら、そう言っていたかもしれない。でも、今は彼を、信じたかった。

ジョセフの生まれも育ちも、知らなかった。世話を焼いてくれたことさえ、自分の生まれへの同情だったのだろう。それでも、信じたかった。

恋人でもなければ、家族でもない。

それでも、心を寄せてくれたと、信じたかった。

「……確かに、あたしは占いなんてクソくらえと思ってる」

エルザはことさらゆっくりと、噛みしめるように言葉をつないだ。

「星の神なんて死ねばいいって。でも」

口先だけで、一時の激情だけで叫ぶことは簡単だ。けれどそれだけでは、言葉は決して届かない。

自分は、誰かに届く、言葉を振るうのだ。

大きく息を吸い、吐く。すべての思いをこめて。毒しか吐けない自分の言葉に、魂が、こもるように。

「それが、国のためだと、信じていた人がいたんでしょう」

顔を上げる。ジョセフの栗色の瞳を、まっすぐに見つめて。

「ジョセフ。あたしが、占者を許せば。その剣を、置いてくれる？」

エルザの言葉にジョセフは顔を歪めた。

そしてエルザはジョセフだけではない、その場にいる全員に語りかけた。

「決して無為な断罪はしない。これ以上の血は流させない。貧富の差なく、すべてのヴィオンの民を、ないがしろにはしないと。──約束、するわ」

約束という言葉がこんなにも重いものだとは、エルザは知らなかった。けれど、その重さは、当然の重さだ。

毅然としたエルザの言葉に、ジョセフはわからない、というように、唇を震わせ、問う。

「……なぜ」

それが、なにに対する問いなのかは、エルザにはわからなかった。わからなかったけれど。

なぜ、そこまで言えるのか。なぜ、自分がこんな風に変わってしまったのかという、問いならば。

「あたしは信じたの」

エルザは言う。

「占者でも星の神でも、ヴィオンの王様でもないわ。……あたしを妻にする、レッドアークの王位継承者が。この国を」

自分を。

「助けてくれると、言ったから」

ジョセフはゆっくりと、うなだれ、膝を折る。

身体から力が抜けていくのを感じた。ゆっくりと、血が鎮まり、五感が戻ってくる。

自分の大きな剣を、地に置く。エルザの足元に。その意に従うように。

ジョセフはエルザを知っていた。毒吐姫ではない。不幸で、わがままで、子供で、必死に虚勢を張り続ける、小さな少女を知っていた。

彼女のため、自分達がいてやらなければならないと思った。きっと嫁いだ異国でも、苦しみもがくだけの日々だろうから。自分が、助けてやらねばならないと。

けれど今、どうだろう。今、目の前にいる彼女はすでに、あの、小さな捨て子ではない。

長い間近しくともにあった。だからこそ、その言葉に、胸を突かれずにはいられなかった。

信じられるか、と、ジョセフは心の中で語りかける。今は不安を抱きながら、彼の帰りを待つ、妻に。

信じられるか。

まさか、あの、小さな毒吐きが。

――人を信じる言葉を紡ぐなど。

「ヴィオン、ティーヌ……」

ひとりの占者が、うめくように、エルザを呼んだ。はじめて口に乗せる、畏敬をこめて。

「我らが王は、術師オリビアの手に、捕らえられ、……処刑を……」

一歩進み出たのは、エルザの背後に、影のようにたたずみ続けた、ひとりの女性。レッドアークの象徴、聖騎士の妻、巫女オリエッタが、伝え聞かせる。

「城には、聖騎士が向かいました」

その言葉に、占者達が震え、沸くのがわかった。疲弊した兵達もまた、その胸にレッドアーク聖騎士の武勇譚を思い出し、息を大きく吸い込む。

ふっとエルザは、笑ってみせた。

「ダダ宰相がどれほどの男で、オリビアがどれほどの魔術師かは知らないけれど」

心配はしていなかった。だって、彼はエルザに約束してくれた。必ず、無血で、ヴィオンの城を、王に返すと。

だから、エルザは笑う。

クローディアスを、信じているから。

「……あたしの王子様《ディア》はね、決してそんなものに負けたりはしないのよ」

決して気高くはない。けれど、強く、意志を持つ瞳と、笑みで。

学もない、母もわからず、育ちも下賤。けれど、占の国ヴィオン、そして聖騎士を擁する国、レッドアークの二つの歴史に残る。

比類なき、言霊を持つ姫君の言葉だった。

ヴィオン城の鎮圧は、神殿のそれよりもすみやかで、あざやかなものだった。

アン・デュークをはじめとした精鋭達は、レッドアークの紋章をかかげ、ヴィオンの王のもとへ一気に乗り込んだ。

エルザの身体を操る魔術が失敗したことは、オリビアの知るところであったが、これほどはやくレッドアークの軍がヴィオンのために兵を挙げるとは思ってはいなかったのだろう。

逃げ場を失ってなお、最後まで抵抗したのは宰相よりもその妻オリビアであり、捕らえられた魔女は命を賭けてクローディアスへと禁術を試みた。

命を奪う魔術が発動する瞬間、彼の王子の両腕が光を帯びた。

クローディアスの身体が崩れ、倒れる。

けれどそれは魔術の効果ではなかった。幼い時からよく知る、手足の重たさ。久々のそれを感じ、クローディアスは懐かしさに小さく、笑う。

彼の胸の黒い羽は、塵《ちり》と化していた。

オリビアの魔術を、すべて身代わりに受けて。

「……最後まで、助けられたね」

同時にレッドアークの騎士と魔術師がクローディアスに駆け寄り、用意されていた可動式の椅子が持ち込まれた。

別室では、宰相に対峙したアン・デュークが聖剣を宰相の首に押し当て、言う。

「お前の言葉で、ヴィオンの民に伝えるんだ」

宰相としての最後の仕事を命ずる。

「ヴィオンの毒吐姫は、レッドアークの異形王と恋に落ち、その心を変えた」

そして、この国の新しき歴史は、ひとりの男と魔女の手ではなく、王国レッドアークとともにはじまり直すのだと。

王座を望んだ男の夢はそこで潰え、彼はゆっくりと、うなだれた。


ダダとオリビアの身柄を拘束したという旨を聞き、エルザは騎士団と魔術師団を神殿に残し、オリエッタとともにいちはやくヴィオンの王城に着いた。

そこで可動式の椅子に乗せられたクローディアスの姿を見つけ、息を切らせて駆け寄る。

「ディア!!」

その声と響きを心地よく感じるように、クローディアスは椅子に座ったまま目を細め、「大丈夫」と静かに答えた。

動かない彼の身体は、想像していたよりもずっと哀れで悲しく、エルザは胸を詰まらせた。

けれどクローディアスは不自由な手足に抵抗するように小さく顎を揺らして、真摯な瞳で言った。

「エルザ。……奥に、この国の王がいらっしゃる」

エルザが大きく目を見開く。

クローディアスは、唯一動く頭で、ゆっくりと、大きく頷いた。

「君に、会わせてくれと」

この国の王。決して振り返ることのない、あの背中を思い出す。エルザを捨てた、捨てると言った占者を止めなかった、彼女の父親。

これから、ヴィオンの再興のため、辛酸を舐めるであろう王だ。

ダダに捕らえられながらも、処刑に間に合い、命を救われた。

それはクローディアスやアン・デュークをはじめとした、レッドアークの助けであり、導いたのはエルザともいえた。

エルザは確かに、レッドアークに嫁ぐことで、占い通りに、国を救ったのだ。

そのエルザに会いたいと、はじめて王が言っている。

「……あたし」

拒絶するように首を振る、エルザの唇が震えていた。

ヴィオンに着いてから、血や剣を前にしても、決して震えることがなかったのに、胸が締め付けられて、指先まで震えが止まらなかった。エルザはすがるように、クローディアスの動かない手を握る。

不安に震えながらも、胸に下がる彼女の石ではなく、それと同じ色の瞳を持つクローディアスの、異形の手を。

力のない、人形のように冷たい手だった。その手を、あたためようとするかのように、きつく、強く握って。そして、言った。

「あたし、まだ。なにをどう言っていいのか、わからない」

父という人に。この国の、王という人に。会えばきっと、毒を吐いてしまうだろう。何十回、何百回と、酒場で毒を吐いてきた相手だった。エルザが生きていくために、見せ物となるために。

同じように、なじってしまうだろう。今更なにを、これまでどうしててと、言ってしまう。死んでしまえと、無能な王だと。お前なんて、父でもなんでもないと。

ずっと言ってやりたかった。

恨みを。憎しみを。絶望を。毒を。

どうして捨てた。どうして産んだと。

今会えば、相手の言葉も聞かずに、ただ、呪ってしまうだろう。

「……でも」

けれど今、クローディアスの手を握るエルザが父という人に伝えたいと望むのは、まったく別のことだった。

「いつか、言いたい」

抑えられない震えとともに、エルザは乞い、願う。

「全部を、大したことじゃ、なかったって」

膝をつき、くしゃりと顔を歪ませて、涙を浮かべて、エルザは言った。

胸に浮かぶのは、養い親の死からはじまる、物乞いのように凍えて飢えた日々だ。

そして彼女の尊厳をつぶした、占者達の暴虐。

それでも。

「あたしだって、言いたい。あの、日々が、あたしに勇気を、くれるって……」

全部を、抱いて、生きていきたいと、エルザは言った。

星と神の運命において。

この石を抱いて、生まれてきて、よかったと。

クローディアスはその言葉に、薄い色の瞳を細めて。

「大丈夫」

いたわるように、囁いた。

「君なら、大丈夫だ」

まるで約束を、するように。そして、ほんの少し、悲しく、もどかしく、苦しい顔をして、エルザに言う。

「今、君を。抱きしめてあげられなくて、ごめんなさい」

その言葉に、エルザはクローディアスの首にしがみついて。

ほんのひととき、声を上げて泣いた。

どちらも若く、細い、二つの肩に背負うは、数多の血と歴史。重すぎるそれらに、決してつぶされることのないように。

痛みをこらえ、苦しみを呑み込んで、それらをすべて、勇気にかえて、新しい道を歩きはじめるために。

子供のような、嘆きを最後として。

エルザは今度こそ、小さな捨て子に、別れを告げた。

エピローグ　毒吐姫と異形の王

ダダ宰相とオリビアはその罪を問われ、投獄された。単純な処刑では済まされない。オリビアの占術への介入も明らかになったことで、占術と政治のあり方もまた見直されることが決定した。

占のない国。それは現状に不満を持つ人々が願うところではあったが、民の総意とは言えなかった。ヴィオンの国民、ひとりひとりの身のうちに根付いた信仰は、一朝一夕をもって手放せるものではない。

それは、ともに生きていかねばならないものだった。レッドアークが剣とともにあったように、ヴィオンにもまた、よりよい道はあるはずだとクローディアスは説いた。レッドアークとヴィオンの関係はより強固なものに。議会を形式ではなく実のあるものとし、レッドアークは出来うる限りの支援と援助を約束した。

政治に見識のあるレッドアークの魔術師を残し、街の沈静を待って、アン・デュークやオリエッタ、クローディアスとエルザは一路、レッドアークへ帰国の途につく。

覚悟の上のこととはいえ、クローディアスの動かない四肢は、異国の城では大きな負担となっていた。一刻もはやくレッドアークに戻りたいだろうに、クローディアスはヴィオン滞在中、決して不満をもらすことはなかった。

どこまでも毅然とした様子に、それらの苦しみさえも彼を強くするのだろうと、エルザは傍らで、小さな彼を思った。

一団がヴィオンを発《た》つ日、彼らを送り出すヴィオンの人波の中で、エルザの名を呼ぶ声があった。

「エルザ!!」

ヴィオンティーヌ、ではなく、ただの「エルザ」と、不敬を怖れず呼ぶ声に、エルザは振り返る。

「ジョセフ……」

そこにいたのは腕に包帯を巻いたジョセフ。隣に寄り添うように立つのは、わずかにふくよかになった彼の妻、ミザリーだった。

「エルザ、帰ってこい！」

大きく手を振り、ジョセフは言う。周りには、下町で、エルザとともに過ごした人々の姿もあった。

「俺達は、仲間だったろう！　またこの国で暮らそう！」

その言葉が、本気だとは思えなかった。彼がそこまで愚かな男ではないことを、エルザは知っている。

けれど、もしかしたら彼は、かつてエルザに言った、「迎えにくる」という言葉を、果たそうとしてくれているのかもしれなかった。

エルザがなにを選び、誰を信じ、どう生きなければならないのかもわかった上で、それでも。

帰ってこいと、彼は言う。

きっと、この国で生きて来た日々が、決して苦しみだけではなかったのだと、エルザに証明するために。

呆然と彼らを見つめるエルザに、隣で椅子に座るクローディアスが静かに言った。

「行く？」

その言葉が、あまりに軽く、あまりに自然であったから、エルザは驚き、クローディアスを振り返った。

四肢の自由をなくした異形の王子はエルザを見ない。遠くエルザを呼ぶ人々をのぞみ、目を細めながら、言う。

「僕は、王子だけど。確かにモヤシみたいだし」

エルザは驚いた。あまりの驚きに、言葉を失った。

今更、出会ってすぐのそんな言葉を掘り返されるとは思わなかったし、まさか彼が覚えているとも思わなかったのだ。

毒吐姫の暴言に傷つくわけがないという顔をして、はじめて出会った時のエルザの言葉を、彼は覚えていて、気にしていたのだ。

「威厳もないし、格好良くもないし。そもそも夫が王様だからって、いいことなんてなんにもない」

ほんの少し、拗《す》ねたようにそう言って、ゆっくりと、エルザを振り返る。動かない四肢の中、唯一自由な、首だけを曲げて。

「君が、一生飢えないことを約束出来る。でも、その代わりに」

動かない身体で、言葉だけでも、尽くしながら。

「君の一生を捧げてくれと、僕は言う。自由もないし、命の危険にだって晒されるし、本当にたまったもんじゃないよ」

香油のかおりのする風が二人の髪をなぜ、エルザは自分の顔にかかった髪を後ろに振り払いながら、小さく呟いた。

「……ディアでも、そんなこと、思ったことがあるんだ」

クローディアスは視線を外し、頷く。

「ある。ずっと思ってた」

嘘のない言葉。けれど彼は間髪いれず、毅然とした声で続ける。

「でも、僕はレッドアークの王子だ。王子じゃなくていいとは、言われたくない」

そしてまつげを静かに下ろし、目を伏せて、憂いを隠すように淡く笑うと、クローディアスは囁いた。

「……でも君が、姫君だと、僕の妃と言われたくないのなら。それにすがらない生き方と居場所があるなら」

ゆっくりと目を閉じて。それは、エルザと、二人の未来を、ひとときだけ見逃がすような仕草だった。

「それも、君の選ぶ道のひとつなんだろう」

いたわりに満ちたその言葉に、エルザはゆっくりと、唇を真横に引く。

頬に熱がのぼり、奥歯に力がこもった。胸を大きく上下させて、それから音を立てて、クローディアスの椅子の肘置きを、力任せに叩いた。

エルザの胸で、緑の星石が彼女の意思のように跳ねた。

「あんたは!!　頭がよくても!!　女心がなにひとつわかんないクソ男よ!!」

嚙みつくような剣幕に、思わずクローディアスがまぶたを上げて顎だけでのけぞる。

「……そう……?」

その様子に、エルザは一層腹を立てたように、再度椅子を殴って。

「そう!!」

吐き捨てると、ドレスをさばき、くるりと身体を反転させた。明るい太陽に、黒い髪が反射する。

「さよなら!!」

そのよく通る声で一方的に別れを告げると、エルザはクローディアスに背を向け、猛然と歩き出す。

クローディアスをはじめとするレッドアークの一団から離れていったエルザは、ジョセフのもとまで行くと、彼らといくつか言葉を交わした。

再会を喜び、強い力で握手をする。ミザリーとは抱きしめ合って、ずっと言えずにいた、祝福の言葉を告げた。

薄いその背を見ながら、クローディアスは小さくため息をついて、目を伏せる。

エルザがジョセフ達のもとにいたのは、そう長い時間ではなかった。それから彼女はまた、突進するように足音を立ててレッドアークの一団へ戻って来ると、動けないクローディアスの胸ぐらをつかんで。

「引き留めなさいよ!!」

わめき散らすように、エルザは叫んだ。

「あたしばっかり、あたしばっかり、あたしばっかり、馬鹿みたい!!」

胸ぐらを乱暴につかんだまま、クローディアスの身体を揺する。

「お姫様じゃなくてもあたしがいい、くらい、言ってみなさいよ!!」

小さな子供が聞き分けのない癇癪を起こすように、涙のにじんだ声で言うから、クローディアスは目を白黒とさせながら、困惑しきったように囁いた。

「……でも、僕は王子だから、どっちにしろ、君はお姫様に……」

「クソ王子!!」

今度こそ、クローディアスの言葉はエルザの逆鱗に触れたようだ。つかんでいた胸ぐらを放るように離すと、エルザは苛烈に怒る顔のまま、言った。

「もういいわ! もう、あんたなんかに期待はしない! あたしが、あんたの妃になって、いつか絶対言わせてみせる」

肩の髪を背中へと振り払い、宣言する。毒吐きと呼ばれた、あざやかな声で。

「お姫様、じゃなくて、あたしが欲しかった、って言わせてみせる！」

服を乱したクローディアスはその言葉に目を細め、手を動かそうとし、その手が動かないことを思い出し、視線をしばらく泳がせてから。

「あの……どうやったら、そう言えるのか、わからないんだけど……」

ぼそぼそと言うから、エルザがまた彼へ嚙みつかんと口を開いた。

その赤い瞳を、息がかかるほど間近に見つめる。クローディアスは相変わらず、澄んだ瞳で、迷いのない声で、言った。

「同じ姫なら、君がいい」

エルザは目を見開いたまま、言葉を失う。吐くべき言葉も、声も忘れて。

そんな彼女に、追い打ちをかけるように、クローディアスはゆっくりと囁いた。

「僕は、この、毒吐姫がいい」

エルザは口を閉じ、喉を鳴らす。細い眉はまだきつい傾斜を描いていたが、首もとから徐々にのぼる熱さは、決して怒りだけではないようだった。

口を開き、また閉じ、振り払うようにきつく首を振って、それからじっとクローディアスをにらんで、言った。

「……真昼姫より？」

拗ねたようなエルザの問いかけに、クローディアスは驚き、一瞬、答えを迷うように視線を宙へと向ける。

「……」

それはほんの数秒のことであったけれど、またエルザは肩をいからせ、髪を逆だてた。

「ちょっと!!　今考えた！　考えたでしょうこの馬鹿!!　大っ嫌い!!」

そのまま罵詈雑言を叫ぶ毒吐姫に、クローディアスは声を立てて笑う。

笑った声のまま、「可愛《かわい》いな」と言えば、またエルザの悪言が飛ぶので、クローディアスは首だけを曲げ、背後で様子を見守っていたアン・デュークとオリエッタに言った。

「アンディ、聞いて！　エルザはとっても可愛い！」

一部始終を眺めていたアン・デュークは笑い、指を一本、立てると言った。

「世の女性のそういうところにだまされると、あとが怖いんだ」

もちろんその直後に、アン・デュークの頬を力いっぱい引っ張ったのは、彼の隣の奥方だ。

赤い顔でいつまでも怒るエルザに、クローディアスは、囁きかける。

「エルザ、僕と、帰ってくれる？」

ぐっとエルザは言葉を詰まらせる。それは、ためらいゆえではなかった。クローディアスはすでにエルザのために多くのものを賭けてくれた。与えてくれたのだから、このままエルザをさらっていくことが当然だと、エルザ自身でさえ思うのに。

それでもまだ、エルザに問いかけてくれるのだ。

生き方を、選んでもいいと。自分で、選べと。そして続く彼の言葉は、命令ではなく、心からの、願いだった。

「僕らの国に。僕らの城に。この国を出て。……そうして、エルザ。僕の奥さんに、なってくれるかな」

エルザは答えない。歯を食いしばり、苦しげに顔を歪めて。胸の石を強く握った。大切な言葉を、なにひとつ告げられない自分を、恥じるように。

結局、自分はどこまで行っても毒吐きでしかないのだと思った。

エルザがどこへ行くのか。いつか教えてくれと、クローディアスはかつて言った。エルザの足をぬぐいながら。

自分は、どこへ行くのだろう。

言ってもいいのだろうか。おこがましくは、ないだろうか。こんな、まだ、感謝の言葉ひとつも言えていない自分が、彼のそばを、帰る場所にしたいだなんて。

泣き出してしまいそうなエルザに、クローディアスはすべてを見透かした顔でふっと笑い、付け加えた。

「美味しい食事もつけよう」

浮かんだ涙を手のひらでぬぐい、エルザがかすれた声で吐き捨てる。

「い……つも、食べ物で釣られるとは、思わないでよ……！」

腹立たしさをにじませて返される、その答えの意味が是であるか非であるかなど、クローディアスにはもう、確かめるまでもないことだ。

そしてクローディアスはおだやかに瞳を揺らし、伸ばせない手の代わり、精一杯の優しい声で、エルザに言った。

「僕の約束出来ることは、これだけだ。――僕の民と、君の民を、決して、飢えさせることのないように、僕は、命を尽くす。……だから」

「いいわ」

エルザは髪を流し、鼻の頭を赤くして、遮るように言った。

最後まで彼は、エルザに対し、恋をしたからとは、愛したからとは、それだけを理由にはしなかった。それでもいいと、エルザは思えた。彼がそんな生き方を選ぶのならば、自分は、自分の意思で、彼の隣を、選べばいいだけだ。

もう、胸の石は握らない。

星は、胸に。そして、彼の瞳にある。

「この毒吐きでいいなら」

まだ、痛む心がある。すべてを、大したことではなかったと、エルザにはまだ言えない。

けれど、彼女は、言い放つ。誰よりも美しい声、あざやかな言葉で。

「あたしがあんたを、幸せにしてあげる」

その力強い言葉に、クローディアスが、笑う。

彼女はエルザ。占の国、ヴィオンの毒吐姫。

レッドアークの人々を、おとぎ話の狂いとわめいた、彼女自身が、異形の四肢をもつ偉大な王とともに、おとぎ話の主役となる日は、そう、遠くはない。

END

番外編　初恋のおくりもの

ヴィオンの内乱をおさめ、レッドアークに戻った王子クローディアスと王女エルザは、その顛末《てんまつ》を国王へと報告した。エルザ・ヴィオンティーヌはレッドアーク王子の正式な結婚相手として迎えいれられることになったのだった。

それにともないやはりエルザに待っているのは、姫君ではなく一国の正妃となるための様々な教育だった。けれど今更それを拒むことはないと、堂々としたたたずまいでエルザは言った。

「あたし、お姫様であったことなんかなかったけれど、お妃様になると決めたんだもの。あたしのような跳ねっ返りで、さぞかし手はかかるでしょうけれど、ここまで来たらつきあってもらうわ」

よろしく頼むわね、とエルザが言う。その姿に、王城の人間達は深々と頭を垂れた。

それらはかつて、彼女がこの国に来たばかりのころの言葉とはかけ離れていた。クローディアスが彼女に見せた誠意が、これだけのことを毒吐姫に言わせたのだった。

一度そうと決めたらエルザは従順で貪欲だった。痩せ細った身体に健康な血が通っていくように、彼女は貴族の所作から各国の文化、歴史に至るまであらゆることを学び出した。

それは己の言葉を生かし、力を得るために必要不可欠なものだったから。

一方で、兵を挙げての鎮圧ののち、ヴィオンにおいては冷たくこわばっていたクローディアスの四肢は、レッドアークの国域に入ると瞬く間に自由を取り戻していた。休む間もなく彼にも様々な実務があり、今も他国へと宛てた文書を、あざやかなペン使いでしたためている。その姿を見て、エルザは改めて、「本物なのね」と感嘆したものだった。

ヴィオンの城よりも、馴染みが出来てしまったレッドアークの王城で。二人きりなのをいいことに、政務室の椅子の上で足を抱えて座りながらのこと。

手を止めずにクローディアスが聞き返す。

「というと？」

「本当に、魔法で動いているのね、ということ。疑っていたわけじゃないけれど、改めて目の前にしたら、やっぱり不思議な感じ」

クローディアスは言葉につられて視線を落とし、自分の腕に浮かび上がった紋様を眺めた。

「それだけ、夜の王の魔力は繊細かつ強力なんだ。……本当に、彼の王には、返せない借りばかりが増えてしまう……」

そう言って少しばかり苦く笑うクローディアスの横顔には、わずかな翳《かげ》りがあった。卑屈ささえ感じさせる、彼にしては珍しい表情を眺めて、エルザは言う。

「その、夜の王とやらのところにも行くの？　今度のことの、ご報告ってやつ」

灰髪の王にも行ったような、それ。エルザの問いかけに、クローディアスはガラス玉のような目をこぼれ落とさんばかりに丸くした。「まさか」この国の治世は、あの王の与《あずか》り知《し》るところではない、というようなことも続けて。

それは不可侵の取り決めだとクローディアスは言った。夜の王の恩恵に頼ることなく、同時に対立や諍《いさか》いを起こすことはないように。

その言葉に、「ふうん」とエルザは響くような響かないような曖昧な返事をしてから、言った。

「でも、真昼姫はこの城に来られるわけなのよね？」

ああ、とクローディアスは頷いた。

「彼女は自由だ」

もしも彼女が望めば、望んだだけの地位、食事、金銭さえも得られるとクローディアスは言う。

しかし、人の世のなにひとつも、あの真昼姫は生涯求めることはないだろうとつけくわえた。

あの小さなミミズクが、一国の王子になにかを求めたことは、『助けて欲しい』という、あのただ一度だけであったこと。そしてこれからも、そうであればいいと思う。

彼女はただひとり、あの夜の王の手だけをとって生きていくのだから。

そんなことを考えながら、口をつぐんでしまったクローディアスの横顔を、エルザは相変わらずじ……っと眺めると、

「ディアの方から、真昼姫に会いたくなったりは、しないの？」

と意を決したように聞いた。その問いかけに、クローディアスは目を丸くして。かすかに目を伏せると言った。

「……ない、と言ったら、嘘になる」

背もたれに身体を預け、自分の手を組み合わせながら。

「でも、不可侵だと言ったろう？　僕は行かないよ。彼の王の力なしではこの自由が

ないことも事実だけれど……もしも明日すべてがほどけて、この四肢の自由を失っても」

小さく首を傾げ、エルザをのぞき込むようにして、言った。

「エルザは僕を捨てないでいてくれるでしょう？」

その……傲慢で、抜け目のない、言ってしまえばあまりに「あざとい」言い草に、エルザは少し頬を紅潮させ、その紅潮を誤魔化すように、強い口調で言った。

「──そういうことじゃなくて。あたしは、だから、礼はいらないのかと聞きたかったのよ」

「うん？」

小さく首を傾げる、クローディアスに改めて、エルザは向き直る。

「あんた達の国の取り決めだとか、歴史だとか都合だとかはあたしにはわかんないけど、とにかくヴィオンのことで、あの真昼姫に世話になった、それは確かでしょう？あんたがどうしたいのかは知らないけど、あたしは、個人的に、あのお姫様に礼をしたいと思っている。それってそんなにおかしいことかしら？」

「もちろん、おかしいわけがない」

首を左右に、上下にも振るクローディアス。

「ミィにはもちろん、次に城に来てくれた時には、ありったけの礼をするつもりだよ」

「だーかーら!!」

地団駄を踏むように、足を鳴らしてエルザが言った。

「それを、あんたから、して欲しくはないって言ってるのよ！　あたしがあたしのことで、世話になったから、あたしから礼を言いたいの！」

クローディアス王子が、真昼姫に心づくしの御礼《おれい》をすることを、エルザが止めることはもちろん出来ない。けれど、その心中にはいやだと思う気持ちがあるのだった。どうしても。なんだか、いやだ。なにがいやなのか、どうしていやなのかは、突き詰めて考えるとまた腹が立ちそうなので、この際置いておくとして。

そういった心の機微になると、とたん鈍く疎くなるクローディアスが、「それはもちろん、君にもその時にはいて欲しいけれど――」と続けようとしたのを遮って、エルザは言っていた。

「じゃあ、あたしがその夜の森という場所に行っちゃあいけない？」

「だめだ」

返答ははやかった。はやすぎた、といってもいい。思慮深く言葉を選ぶ彼にしては、珍しい性急さで。

「夜の森には魔物がはびこっている。あまりに危険だ。君ひとりで行かせるなんて、もってのほかだ」

「じゃあ、アンディやオリエッタを連れて行くのは？」

「それこそ問題になる。彼らは、君の私兵ではない。もちろん、王族として命じることは可能だけれど――」

「冗談。命令なんかまっぴらごめんよ」

肩をすくめたエルザが、「でも、命令になってしまう、っていうわけね」と聡《さと》い理解で頷いた。

クローディアスが難しい顔で眉を寄せながら、強い口調を崩さずに言う。

「ともかく、絶対に、夜の森に足を踏み入れることは許せない。いかに君の望みであっても。あの森は我が国のともがらであるが、この国が統べているわけではないのだから」

クローディアスのその言葉に、「ふぅん」とエルザが、やはり鈍い返事をした。続けてクローディアスは言い募ろうとしたが、そこで侍女が二人を呼びに来たために、話はそこで打ち切りとなった。

色とりどりの花。輝く宝石。生糸のヴェール。

豊かな国の市場には、ひとの心を喜ばせるものがたくさんある。

靴裏が見知らぬ路地を叩くたび、エルザは生まれてもいないこの国の血が身体に流れていくのを感じた。

エルザが窮屈な城での生活の息抜きとして城下へ抜け出すことを、クローディアスは止めることはなかった。それどころかエルザの口から城下でのあれこれを聞くことは、ことさらクローディアスの心を喜ばせているようでもあった。

エルザは帽子の中に美しい黒髪をひっつめて、動きやすい少年のような服で城下に下りる。婚礼を控えた姫君の絵姿はレッドアークの城下にも出回っていたが、町に出るエルザの正体を見破る国民はひとりもいなかった。それは、彼女の所作が見事に城下の町に溶け込んでいたからだ。

もちろん城下の散策は、楽しいばかりではない。人々の口の端には、時には政治への不満ものぼれば、異国の姫君への良くない噂も語り草となる。

しかしそれらがエルザの心を傷つけることはなかった。体制を悪く言うのはかつてのエルザにとっても十八番《おはこ》で、それこそ「自分の方がもっと上手く言える」とさえ思ったほどだった。

広場の詩人はエルザを美しくうたうだろう。

けれど、人の間において、好奇心まじりに好き勝手言われる、そのことの方が自分には似合いだとエルザは思っている。

心のどこかでエルザも気づいているのだった。

この国の人々は、本当は、王子様にはおとぎ話の『真昼姫』と添い遂げて欲しかったのだろうと。

(まあ、当たり前よね)

市場を巡りながら、エルザは心中にて呟く。

(この伝承の国では、その方が、ふさわしい)

それは、エルザにだってわかるのだ。それでも……。

そんなことを思いながら、市場に並ぶ装飾品を難しい顔で眺めていると、その背に親しげに声をかける影があった。

「今日はひとりで買い物かい？　よければご一緒しても？」

気軽な調子で言ったのはこの国の聖騎士であるアン・デュークだった。帽子の下、エルザが目を丸くする。

「珍しいね。君がこういうものを見ているのって」

「こう……？　ああ、自分用じゃなくって。御礼の品物ってやつを考えてたの」

「御礼？」

人の流れに乗って、果実を搾ったジュースを飲みながら市場を二人並んで歩く。その間に、エルザは過日のクローディアスとのやりとりをアン・デュークに聞かせた。

「――へえ、じゃあミミズクに？」

「そう。ディアが用意するっていうけど、そういうわけにもいかないんだ。ディアはわかんないだろうけど……」

あの真昼姫には、ちょっとあたしも複雑なの、と言うと、アン・デュークはさもありなんと頷いた。

エルザはちょうどいいと、アン・デュークに真昼姫が喜ぶものの心当たりを尋ねた。

「ミィが喜ぶもの、ねぇ」

宙を見上げてアン・デューク。

「何をあげても驚いて喜んでくれるだろうな。彼女は、ありとあらゆる愛情を、あますことなく受け止められるひとだから」

「一番困る答え！」

「そう言うと思ったよ」とアン・デュークは苦笑する。

「でもそうだな。市場を見に来るのは正解だと思うよ。ここは、ミミズクが好きだったものであふれている」

それからアン・デュークはいくつかのアドバイスをしてくれた。高価なものである必要はない。文字があるものもあまりふさわしくはない。身を飾るものも、あまりこだわりがない。

けれど美しいものが好きだ。

あと、甘いものにも目がない。君と一緒だね。

それらの言葉をひとつひとつ吟味して、エルザは考え込む。その横顔をのぞき込んでアン・デュークは何かを言いかけ、やめた。代わりに、今から王城に行く用事があるんだけれど一緒に帰らないかとエルザにすすめた。

「ありがとう。でも、明日からしばらく、次の祭事の準備でお城から出られないみたいなの。もう少し市場を見てからにするわ。ディアにお土産も買わなくちゃいけないしね」

そうか、じゃあ気をつけて、と二人は別れた。市場で買い物をするには、アン・デュークは目立ち過ぎる。この国で彼を知らぬものなど、幼子であってもいないのだから。

（美しいもの、花、甘いもの――）

人の手がかかったものがいいのだろうか。それとももっと、自然のものの方が？

ふとその時、甘いかおりがエルザの鼻先をかすめた。引き寄せられたのは、単純に、なんともかぐわしい、お腹のすくにおいだったからだった。

「そら、待ってました！　今年も焼きたてだよ！」

露店に並べられていたのは、近づいた祝祭用の特別なものなのだろうか。月と太陽をかたどった、つややかな焼き菓子だった。

（美味しそう）

クローディアスに買っていってあげようか。そうでなくても、ひとくちもらって食べてみようか……。そんなことを考えながら歩いていると、今度は市場の裏手、一本隠れたような路地の奥から、ふわりと香油のようなかおりがした。

そのかおりは、甘く苦く、異国の――エルザにとっては祖国の祭事で使われたものを彷彿とさせた。

幾重にも薄い布で隠された入り口をのぞいて、エルザが中を確かめる。

ぼう、と真昼でありながら淡い光に浮かび上がってくる、木彫りの人形、そこに埋め込まれた金属の目と視線が合った。

他にも、香油のかおりがする室内には、様々なものが置かれていた。ごく普通の、雑貨を売る店ではない。直感的に、エルザは思った。

（占いの、店？）

用心深く、店内を見てまわっていると、ひとつの刺繍《ししゅう》にエルザは目をとめた。薄いハンカチーフに、淡い色の糸でほどこされている図案。そうっとエルザが、指を伸ばす。

その時だった。

「本物と偽物が見分けられない子供には、売るものなんざないよ」

その嗄れた声に、エルザが振り返る。そこにいたのは、不機嫌な顔をした老婆だった。老婆は値踏みをするようにエルザのことを見たが、エルザは臆せず言った。

「なにが本物でなにが偽物かなんて知らないけど、これがよく出来てるのはわかるよ」

あえて、少年のようにはすっぱな口調で。

「だってこれは、この国の王子の手足にある、夜の王の刻印だろ。ここまで上手く読み取ってあるものはなかなかない」

エルザの指摘に、老婆は顔つきこそ変えなかったが、気を悪くはしなかったのだろう、腰を曲げながら立ち上がって、聞いた。

「探しものかい」

エルザは少し考えて言う。

「もっと、夜の森にまつわるもの、なにかある？　たとえば——真昼姫に関するものだとか」

エルザが尋ねたのは目当てがあってのことではなく、ただの興味だった。何か贈り物のヒントが得られるのではないかと考えてのこと。

老婆は少し考え、棚の奥から一台の燭台を取り出した。

その中におさめられていたのは、特別なところのない、一本の蠟燭《ろうそく》だった。

「これは？」

「これは、魔物除《まものよ》けの蠟燭と呼ばれているもの。かつて、真昼姫が森に迷い込んだ狩人《かりゅうど》に与えたという、特別な花のおしべが中におさめられている」

「特別な花？」

「煉花……煉獄《れんごく》の花と呼ぶものもある、あの夜の森の奥地に群生する特別な花。強い魔除けの力を持ち、あらゆる魔物をしりぞけるといわれる」

煉花。その名を、エルザは聞いたことがあった。

初《はじ》めて会った時に、真昼姫が、エルザの瞳を、煉花の色だと、たとえたから——。

「この蠟燭があれば、夜の森でも魔物に襲われない？　本当に？」

「信じても信じなくても結構。この蠟燭が森に行く者に貸与され、無事に戻ってきている。それしか証明するすべはないものよ」

ふぅん、とエルザは目を細めてその蠟燭をのぞき込んだ。何度も蠟を足してつくりなおしているものなのだろう。独特な、年輪のような紋様があった。

好奇心が首をもたげたのは確かだった。これを使えば、あの夜の森に、足を踏み込むことが出来るのではないか？

その逡巡《しゆんじゆん》が、伝わったのか、伝わらなかったのか。

「しかしもちろん、ただ、というわけにはいかない」

老婆の言葉に、エルザは顔を上げて。

「いくら？」

あんまり手持ちはないんだけど、と少しおどけて言う。腰の曲がった老婆は、そのままるで、頭を垂れるようにして言った。

「金銭ではなく。この蠟の代わりに、その、首から下げた星石をお借し願いたい。

――姫君」

老婆はそこではじめて、エルザをそう呼んだ。

エルザは目を丸くした。見破られたことに、素直に驚いて。

「ばれてたの」

と服の下の、胸元の石を握りながら言った。老婆はゆっくりと首を振る。

「占術を扱う者でなければわかりますまい。たとえあなたの髪、あなたの瞳、あなたの声は隠せても、あなたの石は特別なものです」

蠟燭の代わりにそれを一晩お貸しいただければ、石の意匠をいただくことが出来る、と老婆は静かに言った。

エルザはしばらく考え、それから肩をすくめて、自分の首から星の石を外して言った。

「くれぐれも悪用はしないでちょうだいね。これはあたしの――唯一の財産だから」

もちろん、決して。

老婆はうやうやしくそれを受け取り、蠟燭の入った燭台を代わりに渡した。受け取りながらエルザは、

「ひとつだけ聞いていい？」

少しだけ、まつげを伏せて聞いた。

「この蠟燭、この国の王子も借りていったことがあるでしょう?」

老婆は答えることがなかったが。その沈黙は、雄弁な返答だった。


たとえば、恋とはどんな、ものかしら。

そんな甘酸っぱい問いかけを、自身にしたことは、エルザはこれまでなかった。淡い初恋は実らずに終わり、新たな恋など知らぬ間に、婚姻の相手を決められた。

もちろん、この相手と生きると、心に決めたのはエルザだ。

でも、これが恋であったのかはわからなかった。恋とはなにか。もっとままならないものではなかったか。だとしたら。

たった今、これはもしかしたら恋かもしれない、と思いながら、エルザが足を踏み入れたのは、夕暮れの夜の森だった。

胸には贈り物の紙袋をひとつ。手には蠟燭の入ったカンテラを下げて。

決してひとりでは踏み入れてはならないと言われた場所に、黙って踏み込むことは、裏切りでもあるし、あの王子の誠実さを傷つけることになるのだろう。それでも。

(ほんの、少しだけ)

胸に抱いた紙袋はまだ、ほんのりとあたたかかった。夜の森はおそろしい場所とは聞いていたが、水鳥の気配ひとつしない。果たして魔物除けの蠟燭が効いているからなのか、そもそも魔物なんて伝承の中にしかいないものなのか……。

不安のまま、自分の服をつかむが、胸元に石はない。そのたびに、そうだった、とエルザは思い直すのだった。

やみくもに森を奥へと進みながら、エルザはすう、と肺に空気をこめた。

「真昼姫！」

すべての方位に、響き渡るように、力ある声で。言葉で、自分の帽子をつかみとり、エルザが高らかに告げる。

「あたしはエルザ！　レッドアーク、クローディアス王子の、妻となる人間！」

空に細く浮かぶのは白い月。じきに、陽が落ちれば黄金に輝くことだろう。

「あなたに会いに来たわ、真昼姫！」

そう告げた、瞬間だった。

ゆらりと、大樹が蠢《うごめ》いた。いや、大樹の影。そうだと思ったものは、そう、ではなく――巨大な……。

巨大な、異形の、影が、空にある白い月を隠そうとさえした、瞬間だった。

「きゃーあ」

ぼすん、と音を立てて、草むらの上に落ちてきたのは、白い、なにか。「ててて」と起き上がって、けれど起き上がりきれず、枯れ草の山の中から頭を出した、その声の主が、言う。

「ミミズク、そんな名前じゃないよ?」

あっけない、あまりにあっけない登場だった。はじめて出会った時となにも変わらず、服はいくらか身動きのしやすいもので。けれどあちこちに枯れ草をつけながら、夜の森の真昼姫は背後を振り返り、手を振る。

「クロちゃん、ありがとうねぇ!」

それがなんの影であったのか、魔術の素養のないエルザにはわからなかったが、質《ただ》す前に真昼姫は振り返った。

細い手足、少し伸びた髪。きらめくような瞳。なにひとつ変わらない、少ししまりのない笑み。

そして幼子が大人を真似るような、下手くそな礼をして言った。

「ごきげんよう、エルザ。あたしは、ミミズク。ね、そうでしょう?」

エルザは背筋を正して、荷物を置き、美しい所作で一礼すると、緊張した面持ちで告げた。

「お久しぶりです。先の内乱では、夜の王の恩恵をいただき、クローディアス王子に助けていただきました。その、御礼をしたく、今日は――」

「御礼？」

軽やかに距離を詰めたミミズクは、動物が甘えるようにエルザを下からのぞき込んできた。その、三白眼の瞳に射貫《いぬ》かれて、エルザは赤い瞳を揺らす。そして、言葉を選び選び、伝わるように、言った。

「ディアにあたしは救ってもらったから。夜の王にお目通りがかなわないのなら、あなたに。あなたに御礼を、言わなくちゃと思って、来たの」

んー、と指先を顎にあてて、ミミズクが言った。

「フクロウはねぇ、人の子には会わないのよ。でも、だから、あたしがもらって聞いておくね」

花がほころぶように、笑って。

「御礼に来てくれて、ありがとう！」

そのまっすぐな言葉に、エルザはぎゅうと胸が詰まるような気がして、なにも言えないでいると、ミミズクはエルザの下げていたカンテラに目をとめた。

「なつかしい、これ、煉花の蠟燭！」

ミミズクがそう言うのだから、確かにこれは、本物であったのだろう。エルザはまだ緊張した面持ちで、抱えていた紙袋を渡した。かおり付けの花びらの中に、月と太陽の意匠の焼き菓子が詰められている。紙袋を開いただけで、砂糖とバターがふわりとかおった。

「わぁ！　ミミズク、これ、大好き！」

くるりとその場で回って、裾を翻しながらミミズクが言った。

「フクロウは食べないけどねぇ、でも、これをあたしが、食べているところを見るのは、好きなの」

だから、フクロウも嬉《うれ》しくて、あたしは、幸せ。

その砂糖菓子よりも甘い言葉に、エルザはなんだか泣きそうな気持ちになって、軽く洟《はな》をすすった。ミミズクはぱちぱちとまばたきをした。

「どうしたの？　エルザ、かなしい？　痛いところがある？」

そう言われて、はじめてエルザは痛いと思った。

心が、痛い。

恋をしているから。

カンテラを握り、うなだれながら、エルザが言う。

「………ディアは、王子は、ここまで、あなたに会いに来たの？　これからもあなたに会いに来るの。あたしは」

だってこんなこと、誰にも聞けない。聞いたって仕方ない。でも、誰かに聞きたい。誰か……かなうことなら、あなたに。

「あたし、彼の一番ではないのに、彼の妻になっても、本当にいいの？」

あなたになんか、敵《かな》わないし、敵いたいとも思わない。でも、胸が痛い。ああ、あたし、こんなにも……。

そうして立ち尽くすエルザを、優しい瞳でミミズクは見上げると、そうっと、囁くように言った。

「ディアがね、この蠟燭を持って、森に来てくれたことは一度だけよ」

驚きに、エルザが眉を上げる。

「手足が動くようになったこと、御礼しに来てくれたの。アンディと一緒にね。フクロウはやっぱり会わなかったけど……。その時もディアは、この焼き菓子を持って来てくれたんだ。城下であたしが好きだと言ったこと、覚えててくれたから。その話は、きいた？」

知らない、とエルザは思う。涙をこらえて、首を振る。ミミズクと、クローディアスの交歓を。

知りようもないし、邪魔なんか出来ない。過去も、未来も。

くすくすとミミズクは、笑った。

「聞いてないのに、これを選んでくれたの？」

とっても嬉しい、と紙袋を抱きしめて。うたうように、ダンスのステップを踏むように、言った。

「ディアとエルザ、心が、そっくり！　お似合いなんだわ」

それから、あのね、とミミズクが続けた。

「ディアが、もうすぐそこまで、来てるよ」

え、とエルザが声を上げる。ミミズクはまぶたを落とし顎を上げて、なにかの気配を感じ取るように首を回した。

その、額の紋様が、淡く、光り。

なにかに反応していた。

「エルザを追いかけてね。はやく戻ってあげて。エルザのことすごくすごく心配してる。ああ、アンディも振り切って来ちゃったみたい」

「あなたは？」

ディアが来ているのならば、会いたいのは、ミミズクの方じゃないかとエルザは、ここに来てもまだ、思ったのだ。

けれど、ミミズクは、首を振る。

「あたし、この焼き菓子を、ひとときでもはやく、フクロウに見せたいもの」

だから、行けない、と言う時にはもう、ミミズクはエルザに背を向けていた。

呼び止める間もなく、走り去る。背に羽でも生えているかのような、軽やかなあしどりで。その途中、エルザを振り返り。

「みんなによろしくね！」

大好きな焼き菓子をありがとう。

今度は城に、遊びに行くから——。

そんな言葉を残して、夜の森の真昼姫は、風のように、消えてしまった。奇《く》しくも、真昼の終わり、夜の入り口のことだった。

「エルザ！」

夜の森で、呼ぶ声がする。

「どこにいる、エルザ！」

切実な、叫ぶような声で。細い身体、かすれた喉を震わせながら。あまりに、強く、強く名前を呼ぶから。

エルザは、応じることに一瞬、ためらってしまった。

けれどそのためらいさえすぐに気づいたように、クローディアスがエルザを見つけ、駆け寄り、その身体を、きつく抱いた。

魔法で動いているなんて微塵も思えないような、強い、強い力だった。筋力でなく、意志の力、願いの力だ。

どれほどの政務が彼の肩にかかっているのか、それを知らないエルザではなかった。けれど、エルザがこの森に入ったことに気づいて、すべてをうち捨てて来てくれたのだと思った。

カンテラがからからと、音を立てて倒れ、火が消える。

夜の森に、闇が落ち。

月の光だけが満ちる。

「……ごめんなさい」

かすれた声でエルザが言うのを、切り捨てるようにして。「怪我《けが》はないか!?　どこにも！」ともとより青白い顔を真っ白にしてクローディアスが聞く。

「ないわ。魔物除けの蠟燭を借りたの、だから……」

「僕は許さないと言ったはずだ！」

エルザの無事を確かめるなり、今度は返す刀でクローディアスは怒鳴り、肩を強くつかんだ。指先には力がこもり、震えていた。それから悔しさをにじませて。声を荒らげたことを、心底後悔するように、うめく。

「許さない……君の、自由を、許せない。僕は――」

「ううん」

エルザがその肩に額をあずけ、こすりつけるように首を振った。

「あたしが、いうことをきかなかっただけ」

ごめんなさいとエルザは囁くように言った。

あのね、悔しかったし、いやだったの。あなたがあの、真昼姫に感謝を捧げるところを見るのが。

彼女は美しく、慈悲深く、無垢《むく》で、夢のような存在であれば、あるほどなおさら。

最初からそう言えばよかったのだった。たとえ、自分が、クローディアスの一番じゃなくても。

あなたを思う心に、嘘はないはずだったのに。

その言葉に、クローディアスは途方にくれた顔をした。大きく迷い、ためらい、煩《はん》悶《もん》する顔をして、色を失った唇から、声を、絞り出す。

「この、森に、行きたがる、君を、止めた。それは、危険だったから、それも、あるけれど……」

震える指先には、紋様が浮かんでいる。本来は、この森にあるべきであったはずの、魔術の刻印。それを、小刻みに震わせて。

クローディアスは言った。

「彼の王に、会わせたく、なかった」

「え？」

思いも寄らない言葉に、エルザが意味をとれず、聞き返す。クローディアスは至近距離からエルザをのぞき込むようにして、かすれた切実な声で言った。

「美しい、この森の王だ。夜の王に……君が、もしも、出会って」

そっと、頬に、触れる。紋様のある指で。彼のものでありながら、彼だけのものではない指で。

「君の心を奪われてしまったら、僕は、きっと君を取り戻せない」

それだけは嫌なんだと、子供のようにクローディアスは言った。かつて、エルザに未来の選択、すべてを与えようとしたレッドアークの王子はけれど。

最後の最後に、自由とは反対のことを言う。

「……行かないで」

そうしてエルザにすがりつきながら、崩れるように膝を落とすから、エルザも同じように、夜の森の堅い地面に座り込んでしまうしかなかった。

いつの間にか、木々のざわめき、そして何者かの息づかいが波のように聞こえる夜の森で。

「どこにも行かないでくれ、お願いだ――」

クローディアスは、懇願した。

僕を、置いて、いかないで。

その願い、その思いを……恋ではないと、誰が言えるというのだろう。エルザはそうっとその背に指をまわし、ゆったりと、震える背をなでるようにしながら、言った。

「ディアにも、怖い、ものがあるのね」

四肢の自由を奪われることさえ怖くはないのに。それでも捨てないでいてくれるはずだと信じてくれているのに。信じてもなお。

「怖いことばかりだ。何より、自分の愚かさが一番怖い」

クローディアスは、自分の弱さと小ささに、あまりに自覚的だった。だからこそ、それに抗うように生きることを選んだ。

これまでも、これからも。

エルザは彼の背をなで、顔を上げ、目を細めて言った。

「言いつけを守らなかった、それは、謝るわ」

それから、ぱちん、と両手で頬を挟んで。

燃えるような赤い瞳で、クローディアスをつかまえて、言う。

「でも、あたしの心は、見くびらないで」

自分の生き方は、ちゃんと決める。

「……これでも、あなたの、妻となるのよ」

真昼姫の言葉を、思い出す。もしかしたら、本当に、自分達は似た者同士なのかもしれない。こんなにも、雄弁でありながら、言葉が足りず。

心は弱く、不安に満ちている。

でも、相手を思う気持ち、それだけは……嘘がない。疑いもしない。だから、二人でいることに、意味も価値もあるのだろう。

そうして、どちらともなくゆっくりと、唇を合わせれば。
あまりにそれが、同じ形、同じ熱をしていたので。
これでよかったのだと、ようやく、わかった。
夜の森に浮かぶ、細い月だけが、すべてを照らして。
いつかの誰かの、淡い、初恋のおくりもののようだった。

END

あとがき　——恋せよ少年少女たち——

ボーイミーツガールを書こう、と思いました。

それが物語の原点であると考えたからです。少年と少女が出会う、そこからはじまる物語、そしてそれがすべてであった物語を書こう。原点はそうだし、まだ辿《たど》り着《つ》かないゴールだってきっとそうだろう、と思っています。

『毒吐姫と星の石』はそういう、私の原点の話でした。

書いた当時、私は自分がまだ「ライトノベル作家」のつもりで（そしてそれは今ももちろんそうなのですが）明るく可愛《かわい》い終わり、にしたつもりだったのですが、そしてその形で、作品を愛していただけたのですが、このラストについて、自分の力不足で伝わりきらなかったものがあったのではないか、と長らく心にひっかかっていたことがあります。

ひらたく言うなら二人の、恋について。

愛の話は得意なのだけれど、どうやら恋の話は不得意のようで、書き下ろしの後日談はそこに注力しました。とはいえ不得意なものが得意になるわけではないので、上《う》手《ま》くは書けなかったのですが……。

物語の中の少年と少女に、そしてそれ以外のすべてのキャラクターに、祝福があれと思うし、読者の皆さんにも、そう思っていただけたら幸いです。

前作である『ミミズクと夜の王　完全版』あとがきでは満足に書けなかったのですが、今回完全版を出すにあたって、本当に多くの方に力を貸していただきました。すべての作業にあたってくださった方の尽力、推薦のお言葉の数々、そして十五周年を祝って、もり立ててもらえたこと、喜んでもらえたこと。本当に感謝は尽きません。

特に、新しい息吹となる表紙を描いてくださった、ＭＯＮさん。素晴らしい絵筆で、期待を遥《はる》かに超えた挿画をありがとうございました。

同時に、電撃文庫版装画を描いてくださった、磯野《いその》宏夫《ひろお》さん。あなたの絵で、作家になれて、私は幸福でした。本当にありがとうございました。

十五周年の連続刊行は、来月刊行の『15秒のターン』でフィナーレを迎えます。

ぜひ、次の十五年のために、手に取っていただけたら、幸いです。

紅玉いづき

＜初出＞
本書は、2010年11月に電撃文庫より刊行された『毒吐姫と星の石』を加筆・修正したものです。「初恋のおくりもの」は書き下ろしです。

メディアワークス文庫

毒《どく》吐《はき》姫《ひめ》と星《ほし》の石《いし》 完《かん》全《ぜん》版《ばん》

紅玉《こうぎょく》いづき

2022年4月25日　初版発行
2024年12月10日　7版発行

発行者　山下直久
発行　株式会社KADOKAWA
〒102-8177　東京都千代田区富士見2-13-3
0570-002-301（ナビダイヤル）
装丁者　渡辺宏一（有限会社ニイナナニイゴオ）
印刷　株式会社KADOKAWA
製本　株式会社KADOKAWA

●お問い合わせ
https://www.kadokawa.co.jp/（「お問い合わせ」へお進みください）
※内容によっては、お答えできない場合があります。
※サポートは日本国内のみとさせていただきます。
※Japanese text only

※定価はカバーに表示してあります。

Printed in Japan
ISBN978-4-04-914163-4 C0193

メディアワークス文庫　https://mwbunko.com/

本書に対するご意見、ご感想をお寄せください。
あて先
〒102-8177　東京都千代田区富士見2-13-3
メディアワークス文庫編集部
「紅玉いづき先生」係

ミミズクと夜の王 完全版

紅玉いづき

伝説は美しい月夜に甦る。それは絶望の果てからはじまる崩壊と再生の物語。

伝説は、夜の森と共に——。完全版が紡ぐ新しい始まり。

魔物のはびこる夜の森に、一人の少女が訪れる。額には「332」の焼き印、両手両足には外されることのない鎖。自らをミミズクと名乗る少女は、美しき魔物の王にその身を差し出す。願いはたった、一つだけ。

「あたしのこと、食べてくれませんかぁ」

死にたがりやのミミズクと、人間嫌いの夜の王。全ての始まりは、美しい月夜だった。それは、絶望の果てからはじまる小さな少女の崩壊と再生の物語。

加筆修正の末、ある結末に辿り着いた外伝『鳥籠巫女と聖剣の騎士』を併録。

15年前、第13回電撃小説大賞《大賞》を受賞し、数多の少年少女と少女の心を持つ大人達の魂に触れた伝説の物語が、完全版で甦る。

メディアワークス文庫

メディアワークス文庫

壊れやすく繊細な少女たちは寂しい夜を、どう過ごすのだろうか——

誰にでも優しいお人好しのエカ、漫画のキャラや俳優をダーリンと呼ぶマル、
男装が似合いそうなオズ、毒舌家でどこか大人びているシバ。
女子高校生4人が過ごす青春の切ない一瞬を、
四季の流れとともにリアルに切り取っていく——。

ガーデン・ロスト

紅玉いづき

発行●株式会社KADOKAWA

MILGRAM 実験監獄と看守の少女

波摘　原案：DECO*27／山中拓也

現代の「罪と罰」が暴かれる圧倒的衝撃の問題作！　あなたの倫理観を試す物語。

ようこそ。ここは実験監獄。あなたの倫理観を試す物語

五人の「ヒトゴロシ」の囚人たち、その有罪／無罪を決める謎の監獄「ミルグラム」。彼らが犯した「罪」を探るのは、過去の記憶を一切失った看守の少女エス。

次第に明らかになる「ヒトゴロシ」たちの過去と、彼らに下される残酷なまでの「罰」。そして「ミルグラム」誕生にまつわる真相が暴かれた時、予測不能な驚愕の結末になだれ込む——。

すべてを知ったあなたは赦せるかな?

DECO*27×山中拓也による楽曲プロジェクト「ミルグラム」から生まれた衝撃作。

メディアワークス文庫

黒狼王と白銀の贄姫

辺境の地で最愛を得る

高岡未来

彼の人は、わたしを優しく包み込む――。
波瀾万丈のシンデレラロマンス。

妾腹ということで王妃らに虐げられて育ってきたゼルスの王女エデルは、戦に負けた代償として義姉の身代わりで戦勝国へ嫁ぐことに。相手は「黒狼王（こくろうおう）」と渾名されるオルティウス。野獣のような体で闘うことしか能がないと噂の蛮族の王。しかし結婚の儀の日にエデルが対面したのは、瞳に理知的な光を宿す黒髪長身の美しい青年で――。

やがて、二人の邂逅は王国の存続を揺るがす事態に発展するのだった…。

激動の運命に翻弄される、波瀾万丈のシンデレラロマンス！

【本書だけで読める、番外編「移ろう風の音を子守歌とともに」を収録】

天詠花譚
不滅の花をきみに捧ぐ
梅谷 百

あなたと出会い、“わたし”を見つける、
運命の和風魔法《マジカル》ロマンス。

明治２４年、魔法が社会に浸透し始めた帝都東京に、敵国の女スパイ蓮花が海を越えて上陸する。目的は、伝説の「アサナトの魔導書」の奪還。

魔導書が隠されていると言われる豪商・鷹無家に潜入し、一人息子の宗一郎に接近する。だが蓮花の魔導書を読み解く能力を見込んだ宗一郎から、人々の生活を豊かにする為の魔法道具開発に、力を貸してほしいと頼まれてしまい……。

全く異なる世界を生きてきた二人が、手を取り合い運命を切り拓いていく、和風魔法ロマンス、ここに開幕！！

メディアワークス文庫